KB196839

파도는
침묵하지
않는다

파도는
침묵하지
않는다

박홍표 신부 시집

바다에서 태어난 나는 늘 바다를 향한다. 어머니의 태가 바다 가까이서 열어졌기 때문이다. 바다는 온화하고 조용한 소리를 내지만, 때로는 거센 파도를 일으켜 분노의 함성을 내지른다. 나는 오늘도 그 목소리를 들으려 바다로 향한다.

바다는 나에게 이제 딴짓 그만하고 침잠의 세계로 들어가라 말한다. 세상을 거슬러 하늘로 향하라고 속삭인다. 주님 앞에서 온몸이 상처투성이임을 고백한다. 나의 부족함을 털어 놓는다. 내가 변치 않는 한 그분은 늘 내 곁에 있다. 그분은 나의 반석이고 생명이다. 내 님 놔두고 누구와 백년가약을 맺을 수 있단 말인가?

두 번째 목소리가 들린다. 세상 한복판에서 억

울하게 죽어간 이들의 아우성, 가난하고 불쌍한 이들의 숨 넘어 가는 소리다. 사제의 직무는 어디까지인가? 그 경계선은 존재하는가? 그리스도는 가난하고 불쌍한 고아와 과부를 위해 온 세상을 돌아다니며 복음을 선포하셨다. 파도는 나에게 신자들만을 위한 존재가 되지 말고 신자들과 함께 주님 목소리를 외치라고 한다. 예언자 아모스 요한세례자의 삶을 살아야 한다고 말한다.

가만히 귀기울이면 세 번째 목소리가 들린다. 네가 먹을 것은 네 손으로 농사 해보라고 한다. 그때 너는 백남기 농민의 마음을 알 것이라고 한다. 농민 노동자의 삶이 풍요로워야 진정한 민주주의 국가다. 지금 우리 정부는 사람이 독재를 하고 있다. 자식 같은 농사가 정부의 푸대접 탓에 울분의 목소리로 들린다. 텃밭을 가꾸면서 그들의 목소리를 마음속 깊이 아로새긴다. 그 한 톨 한 톨이 농민의 살이요, 피땀임을 체험한다. 하늘평화를 누리지 못하는 그들의 마음과 함께해야 한다고 주먹 잡는다.

졸저 『파도는 침묵하지 않는다』를 펴내면서 파

도의 소리를 세상에 들려주고 싶었다. 바다는 침묵하고 있는 것 같지만 파도를 통해 나를 일깨운다. 그러므로 이 시집은 시라기보다 나의 삶과 신앙이 담겨 있는 생활이요, 신앙고백이다.

등단한 시인의 우아한 글이 아니라 조금은 부끄러운 마음이 든다. 하지만, 이 글을 통해 한 사제의 삶의 질곡을 들여다볼 수 있기를 바란다. 이 책은 주님과의 속삭임과 광야의 소리, 일상에서 주님과 함께해야 한다는 한 사제의 고백이다.

교회 출판사에서는 나의 글이 자기들의 편집 방향과 맞지 않는다고 출판을 거절할 때 서교출판사 김정동 대표님이 나의 내면이 너무 아름답다고 했다. 그리하여 이 책이 빛을 보게 되었다. 감사드린다. 한편 송구하게도 라틴문학을 전공하시고 기꺼이 해제를 써주신 성염 돈보스코 전 교황대사님의 일필휘지에 고개 숙인다. 그 밖에도 부족한 저의 글에 도움주신 모든 분께 감사드린다.

삼척 동해안 바닷가에서 박홍표 신부

차례

자각(自覺)

빛고을 신학교의 교정에도 가을이
어김없이 찾아든 지금 뒹구는 낙엽 위
한 점 사람이 영혼의 고향이 그리워
목말라 걷네

생의 뒤안길에서 생각케 하는 건
한 점 죄인이라는 것뿐 부서진 사랑도
고뇌 찬 번민도 님을 향한
해산의 진통이라는 걸 이제사 깨달은 것은
생이 無였음을 안 후

님은 어머니처럼 한없는 자비로
나를 고향으로 불러들였었건만
이기심에 병든 마음 속세의 현란함에
길을 잃고 헤매는 한 마리 양이었네

어느날 문득 평화의 길은

"오직"

님의 가슴속에 있음을 알고

때늦은 지금 눈물 어린 향을 피우며

산산히 부서진 마음을 한 곳에 모아

잃었던 고향을 향하여 국화 향 그윽함을 담고

님께로 올리며 나의 기도도 담아 올리네

관음암(觀音岩) 가는 길

오솔 계단길을 따라가며 중생의 業을
씻쳐 내고자 한 발 한 발 힘겹게 내딛으며
올라가는 그곳은 어디인고

목탁소리 계곡을 울리며 낭랑한데
아직도 긴 어둠의 그림자가 남아
하늘 보고 땅을 보고 한숨을 내쉬며
잠시 싱그러운 靑松 아래 몸을 내던진다

두타산과 청옥산이 감싸 안고
중생의 解脫을 도와줄
관음암이 저기인데 잡힐 듯 말 듯
구름 속의 누각인가

지는 해 밟으며 휘청 걸어가는 발길이

바람 산 물소리와 더불어

해 맑았다 해 흐렸다 하는구나

그리움의 노래

쉼 없이 가늘었다 굵었다 하는 목 터짐의
매미의 노래는 이 세상 사랑 뭉쳐 하늘
향한 노래이다

수도원 하늘향기 어린 숲속에서
7년 만에 부활하여 생명의 찬미를
이 생 다하는 7일간 밤낮으로
하늘 향한 노래이다

긴 고통 속에서도 그저 주신 짧은 생명에도
오직 고맙다고 부복하며 목마른 그리움을
온몸으로 표현하는 매미의 간절함은
구도의 길을 가는 우리의 모델이다

우리보다 찰나의 생명의 삶이지만
저렇게도 애절함의 노래는 그리움이
턱밑까지 차올랐음이다

긴 생명을 살아가는 우리를 향해
부활의 7일만이라도
목놓아 하늘 향해 노래하라 한다

고적한 수도원 쉼터에서 매미와 바람과
구름과 하늘과 나는 하나된 삶을 위해
님을 향하여 꿈을 꾸고 있다

두숲골의 단풍

색색의 옷으로 갈아입은 불타는 산을
향하여 한 발 한 발 영혼의 고향을 오른다
고라니 한 마리 하늘 목말라 계곡의 물을 마시고
얼른 뒤따르라며 산을 향하여 내닫는다

점점 작아지는 존재의 미약함은 계곡으로
깊이 들어갈수록 한 점으로 남고
아름다운 님의 손길 앞에 어쩔 줄 모르는
탄식이 절로 나온다

계단을 만들며 내려오는 색동저고리는
내 눈으로부터 멀어질수록 더욱 이뻐지고
코앞의 풋내음이 옷을 갈아입지 못하고 방황하는 것은
사랑은 아래로 아래로라는 것을 말없이 보여준다

육백산 꼭지점의 하늘 푸른 상의와 색색의 하의는
천상과 지상의 만남의 옷이거늘
그 옷 갖춰 입지 못해 수많은 날 밤잠 뒤척거리고
그 날 빨리 오기를 고대하며 허공에 허우적거린다

들국화

사제관 언덕에 노랗게 흐드러진 국화 송이
그 향기가 너무 좋아 코를 갖다 댄다
가슴에 스며드는 진한 향기는 욕망 속의 냄새를
지워 버리고 참된 아름다움이 무엇인지 깨닫게 한다

아직도 버리지 못한 욕망은 가슴을 내리누르고
그 무게에 짓눌려 심해로 가라앉을 찰나
임의 부드러운 손길이 이 죄인을 떠받쳐 주며
임만을 향하여 나가도록 지지해 준다

가는 가을이 아쉬워 한 발 한 발 언덕을 오르내리며
참됨의 순수를 느끼어 정화되는 마음이 일어날 때
국화꽃 사이로 보이는 뭉게구름 속 저편 산의 임께
포근히 잠들고 싶다

1부 주님을 찾아서

사방이 비탈로 이루어진 시커먼 이 산야에서도

어김없는 아름다움을 선사하고 야생의 질김을 보여주며

진한 향기를 뿜어내는 들국화

그 향기를 매일 술잔에 담아 임께로 올리며

임만의 종으로 살고 싶다

어머니

어머니 불러도 소리쳐도 싫증나지 않는
고향을 간직한 당신 이름 영혼과 육신으로
깊이 새기나이다

5월의 꽃내음은 천지를 휘돌고
어머니를 떠받드는 두타산의 아늑함과
포말로 천상으로 당신을 들어올리는
동해의 넉넉함을 담아서 무등 태우고
싶나이다

세상의 소용돌이 속에서 동분서주하는 이기심의
덩어리 분노와 절망 속에 형제와 세상의 절연을
감당타 못해 지난밤 밤새 못난 자신을 원망하며
뒤척입니다

어머니
첫 서원의 기억은 아직도 생생한데 부서진
마음은 그 고결의 길을 가기에는 자격 없는
한 구도자임을 고백하나이다

당신 자신이 가신 길이 순명과 겸손과 사랑의
길이거늘 그 길 따르기에 미약한 이 존재는
어머니의 길을 벗어나고파 헤매이다 이제는
되돌아 온 탕자처럼 어머니의 모성을 전구하옵니다

수많은 영혼들이 가난한 마음으로 오늘
못다한 효도를 드리고자 아름다운 밤하늘에
북두칠성을 수놓아 어머니께 드리고자
하옵니다

어머니

죄많은 저희를 주님께 간구하여 주시옵소서

어머니의 넉넉한 가슴에서 아버지를 찾게 해주소서

북평 성당의 주보성인 성 요셉과 함께 영원히 그 품에

머무르게 하소서

축복의 밤

고요한 밤 거룩한 밤 만상이 잠든 때
아기 예수 살포시 구름을 타고 초라한
구유에 내려앉는다

아기 예수를 꼬옥 안은 성모님의 천상자태는
신비롭다 못해 우리를 부복하게 만든다

저 광야의 초라한 목동들이 아기 예수 오심을
제일 먼저 감지하고 오체투지 인사드리러 왔다

별은 영롱하고 밤이 더욱 짙어질 때
만방을 돌며 아기 예수님이 축복을 내려준다

이 밤 고통으로 눈물짓는 사람들이 환히 웃는다
별 볼일 없는 우리는 아기 예수님을 가슴으로 꼬옥 앉고
놓아주지 않는다 밤이 새도록

한계령의 님과 함께

계곡에 불이 붙어 빨려 들어가는 이 영혼
신비스런 손길 앞에 어찌할 줄 몰라
두 손 십자 부복으로 눈을 감고
님 속으로 들어가나이다

살며시 부는 바람 산허리에
걸려 있는 구름 비쳐 오는 금빛은
님의 얼굴이옵니다

가는 길이 오색병풍이요
오는 길이 기암절벽이라
걸음마다 떠받치는 님의 손길
한숨도 원망도 다 내려놓고

님이여! 나 언제까지 오리이까

이 가을 황금의 계곡과 들판으로 손짓하는 님

나 님을 언제까지 사랑하오리까

죽음을 딛고서라도 님을 향해 가오리까

한낮 텃밭

한낮 오후 하고 싶었던 텃밭에 앉아
북돋고 곁순 따고 묶어주고 가지 치고
석심하다 보면 一切唯心造니라
세상을 보는 눈이 내 마음 따라 움직인다

메꼬자 쓰고 호미 들고 앉는 순간 세상 시름을
잃고 관조의 세계로 들어간다 무념무상의 순간
오직 님과 함께 대화하며 님을 만나 사랑의
무아가 그 님께 있음을 자각한다

고랑을 뒤지다가 산 넘어 산 넘어 수많은 뻐꾸기가
노래하는 줄 알았는데 정작 뻐꾸기 한 마리의 메아리
였음을 알은 것은 이제 내가 사물을 직관하는
눈을 나이가 들어서야 가졌음을 말하는 걸까

언제까지나 풀 메고 싱그러운 텃밭 냄새 맡으면서
속세에 혼란했던 마음을 정리하고 잘 익은 도마토
오이 따서 님의 제단에 바치며 님과 함께 음복의
시간을 세상의 관심 끄고 끝없이 갖고 싶다
가는 세월을 붙들어 매면서 말이다

사랑의 힘

낯선 사람이 만나 한 몸이 된다는 것은
오랜 세월 장인의 정신으로 다듬고 조이고
보나듬어 주어 하나의 삭품을 만들어 내는 것입니다

시리도록 아픈 가슴 저 뒤안의 날들은
술과 물이 섞이어 하나 된 가나의 신비를
깨닫는 진통이며 승화된 기쁨의 눈물로
내를 만들어 내는 원천의 날들입니다

걸러낼 수 없는 사랑이야말로 맺힘을 풀고
끊음을 이어주고 빙산을 녹이며 거부할 수
없는 운명적 만남도 바꾸어 놓을
수 있습니다

사랑의 화음이 오케스트라가 되는 날 혼인

25주년 흩어졌던 날들이 꽃과 나비로

탄생되어 하나 된 날

천사가 불어대는 긴 나발을 만들어 꼭꼭 누르며

우리의 사랑을 영원히 노래합시다

아! 님이시여

아! 님이시여 어디쯤 계시나이까

님 찾아 산허리를 반쯤 잘라냈지만

황금으로 계신다던 님은 보이지 않고 온갖 잡석만이

꽉 차 있으니 님 찾음을 그만두고 싶습니다

청포도의 달콤한 향기 속에 님이 있는가

어둔 밤 오솔길을 은근히 비추는 달빛 속에 님이 있는가

가을 푸른 하늘 쪽빛 바다에 님이 있는가

네온이 찬란한 빌딩 속에 님이 있는가

사방으로 수소문해도 님은 아무데도 없으니

님 찾음을 그만두고 싶습니다

님을 찾아 나서면 님은 어느새 달아나고

님 찾음을 그만두면 님은 어느새 다가오고

님과 숨박꼭질하다가 어느새 청춘은 백발이 되고

답답한 마음에 님 찾음을 포기하고 싶습니다

그러나 그 님이 우리와 가장 가까이 계시는 분임을

어느 수형인의 참회의 눈물에서

젖먹이를 안고 있는 여인의 초점 잃은 눈빛에서

시장 안 좌판의 눈곱 낀 노파의 얼굴에서

전장의 한복판 어느 병사의 눈물에서

펴질 줄 모르는 어느 농부의 꼬부라진 허리에서

아! 님이시여 세월이 가고 또 가고 지구 한바퀴

돌아서야 당신이 참 사람인 줄 알았습니다

송구영신

어두움이 살포시 대지에 꼬리를 내릴 즈음
만상이 침묵으로 빠져들고
저마다의 발설음은 한 해의 소망을 뒤로한 채
둥지를 향한 잰걸음을 걷습니다

여명과 시작한 소망은 아쉬움으로 남고
삶의 한복판에서 지쳐 버린 군상으로
주님 앞에 서야 하는 마음의 공허는
부푼 꿈을 이루지 못해서입니까

해맑은 웃음들이 손에 손을 잡고 갑신년
한 해를 빛으로 힘차게 열었지만
어두움을 이겨내지 못하는 이기심은
긴 아픔을 남기고 갑신년은 저물어 갑니다

밤새 뒤척이며 후회스러움으로 온 몸을 떨고
마지막 한 줄기 빛이 비쳐올 때
새로운 희망의 가능성을 엿보며
주님 끈을 부여잡고 자비를 청해 봅니다

밤이 있기에 새벽은 오는 것이고
깜깜함이 있기에 마음은 빛을 띄는
것임을 서서히 깨달아 갈 때
동녘이 부채꼴 햇살로 누리를 안아 들이며
가엾은 중생들을 구제의 길로 인도하는
빛을 봅니다

모두가 환호합니다 새 희망이 솟아오름을
저마다의 가슴은 용솟음치고
아쉽고 한스런 마음은 망각으로 달아나고
을유년 한 해의 첫 발걸음을 힘차게 내딛습니다

가자 그 길을 우리가 가던 그 길을
모진 비바람에도 빛을 향하여
힘차게 팔을 뻗쳐 가슴을 내밀며
당당한 모습으로 새 역사를 씁니다

짙게 깔린 어두움은 광명으로 빛나고
움츠렸던 가슴은 은혜로움으로 충만하니
살아 숨쉰다는 것이 참으로 경이롭다
아! 고마우신 말씀이여 빛이시여

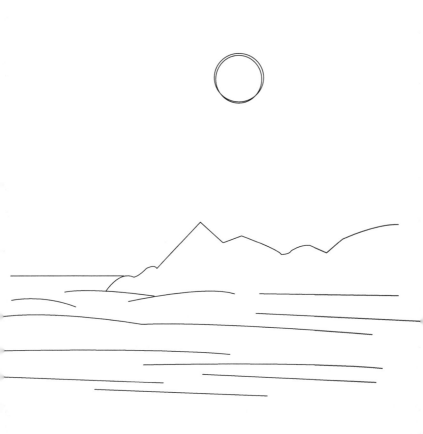

37

감미로움을 산 글라라

오! 아름다워라 세상은 감미롭다
여전히 문명 소음의 한복판에서도
태양 형님 달님 누님이 속삭인다

세상은 그래도 아름다운 곳이라고
한낮의 자연의 오케스트라는
하늘나라 향한 천국의 향연이다

영원으로부터 함께 살아온
사부 프란치스코를 따라 온몸으로
가난과 기도의 삶을 함께 살아온 여인 성녀 글라라
그녀를 부를 때마다 애잔한 마음은
어디에서 오는 것일까

쓰러져가는 중세교회를 용솟음 치게 한
청빈과 기도의 삶을 뒷받침 해 준
사랑과 모성애가 가득한 한 여인
사부 프란치스코의 존재를 빛나게 한다

자연과 인간의 사랑은 주님의 완전한 사랑이요
그 사랑이 사부 프란치스코의 삶이라고 한평생을 좇은
신앙인의 모델인 기도의 여인 글라라

연약한 병중에서도 주님 끈을 놓지 않고
사부를 뒷받침한 그런 여인을 우리는
신앙의 모델로 삼고 싶다
숨쉴 때마다 폐부 깊숙이 들어오는 글라라 성녀의
감미로운 향기를 마시며 이 여주 깊숙한 산골에서
세상 떠나 한평생을 묻고 싶다

가을이 탄다

토요 오전의 주일학교 아이들 얼굴에
햇살 눈부시게 가을이 탄다
예수님 얼굴도 주체할 수 없는 가을로
빨갛게 봉숭아 물들인 듯하다

한낮 단풍 색깔이 저리도 붉어
불탐이 이글거리는 아이들은 제 힘을 주체
못하고 온 마당을 휘젓는
재잘거림과 재주 넘음은 한편의 동화다

취기 오른 예수님은 아이들과 함께
마당을 휘젓고 에덴의 마을 성당으로
우리를 안내하며 나에게로 오너라
함께 기도하며 숨바꼭질하자 하신다

에덴은 나와 함께 노는 것이라며
여기 노는 것이 천국이라고 속삭인다
아이들을 사랑하고 아이들에게 눈 맞추는 것
그것이 당신의 삶임을 보여준다

오늘 유달리 불타는 성당은 마음의 신심에
불을 태우며 열정을 샘솟게 만든다
새빨간 취기가 이렇게 죄를 태우고
기도의 불을 붙이게 만드는 것

그것이 십자가의 붉은 선혈로 거슬러 올라가고
성당의 십자가의 첨탑엔
어린 예수님이 앉아 아버지 찬미하는
노래 부르며 마지막 가을을 즐기신다

관상의 여인

새벽을 가르는 자연의 오케스트라에 잠이 깨어
하느님 찬미하며 자욱한 안개를 가르고 다달은
침묵의 님 앞에 앉은 한 관상의 여인
무릎 꿇어 움직임 없는 저 기도는
누구를 향한 간절함인가

용광로 같은 더위에도 긴 베일 안에 몸을 숨기고
오직 하나 그녀가 향하고자 하는 것은
주님을 흠숭하는 침잠의 마음

내 존재함이 당신이고 당신 존재함이 나라는 것을
관상하는 그 모습은 경이로움이요 환호함이로다

긴 방황 속에서 영원한 고향을 찾은 애절과 평화는
주님의 영광이 드러난 천상의 모습이다

속세와 영혼의 방황 속에 긴 안식은 침묵이요
머무름이라는 것을
내 영혼의 외침이 님께로 향하게 한다

피정(避靜)

일상을 떠나 침잠의 세계로
바위 위에 오솔길에 방 안에서
삶과 죽음의 경계선인 지평선을
응시하며 낙원을 회상한다

잡힐 듯 말 듯 요동치는 내부는
아쉬움에 한숨이 새어 나오고
심연 한가운데서 손을 뻗어 보아도
허공이다

지친 잠자리 한 마리가
메모지 위에 안착을 하며
날개를 접고 부양할 줄 모른다
한 곳에 초점을 응시하고

수많은 상념이 교차되는
마음의 날개를 접고 편안히
엎드리어 일어설 줄 모르는
부복으로 들어가 본다

목자생활 25년

한 송이의 국화꽃을 피우기 위해
봄부터 소쩍새는 그렇게 울었고
천둥은 먹구름 속에서 밤새 울었다는
서정주의 恝苦의 마음처럼

한 분의 착한 목자를 위해 그 어머니는
오늘 25년의 아들의 마음속에서
그렇게 울었나 보다
어머니의 恝苦의 세월로 아픔과 환희가
교차하며 열매 맺는 25년

누구를 위해 무엇을 위해 살까
모든 이를 위해 모든 것이 되어주기 위해
그리스도의 사람으로 사는 것이 내 운명이라면
기꺼이 순명하고 받아들이자

친구여 부서지고 쪼개어져서

한 작품이 탄생되는 것처럼

우리는 얼마나 더 부수어져야 하는가

마지막 한 잎 남은 자존심도 버리고

하늘나라가 이루어질 수 있다면 재가 되어 버리자

천상의 천사가 이제 너를 떠받쳐 줄 것이고

은총의 빛살이 25년의 너를 비추며

또 25년을 살다가 님과의 살가운 포옹으로 활짝 웃자

아버지여!

"이는 내 사랑하는 아들 내 마음에 드는 아들이다"라고

말씀해 주소서!

무주성당의 성모님

지리산의 병풍에 안긴 무주의 성모님
노을 지는 석양 아래의 저 신비로운 미소는
드는 사람 가는 사람의 발걸음을 놓아주지 않고
절로 묵주 기도를 올리게 만든다

살아오면서 저렇게도 신비로운 미소는
처음이며 늘 눈물 흘리고 슬퍼하는
어머니의 모습만을 보아 왔는데 저 웃음은
삶에 지친 사람에게 주는 위로의 하늘
선물임이 분명하다

월색은 은은하고 사방은 땅거미 지는데
보름달 아래의 어머니는 홍조를 띠며 미소
가득한 얼굴로 어서 오렴 내 안에서 쉬거라

인생 구도 길에 지친 한 나그네는

어머니 품에 안겨

하늘나라 잠을 잘 준비한다

구도의 길 나의 욕망만 어머니께 잔뜩 쏟아붓고

어머니의 말씀을 들은 적 없어 이 밤은

꼭 듣고야 말겠다는 각오로 어머니 품을

놓아주지 않을 작정이다

이 밤 지리산의 보름달은 유난히 밝고

별빛은 신비롭다

묵주

십자가에 친구하고 59개의
묵주 알은 바다를 향한다
예수님에 내한 애끓는 듯한
모성이 숨어 있는 묵주 신공

소리 높여 읊으니 토닥토닥하던
심장은 이내 고요를 찾고
땅만 보고 걸었던 인생은
하늘을 향하게 한다

보이지 않던 님이 어머니의 품 안에서
포근히 잠든 모습 보이고
세상의 소용돌이 속에 지친
나를 어서 오라 손짓하며
당신이 평화의 모후 메주 고리예의
어머니라 하신다

평화를 살고자 내 마음 안의 간절함은
어느새 비행 티켓을 끊고 메주 고리예의
어머니께로 방향 전환한다

분노 조절에 힘겨워 늘 창밖의 땅을
보던 나는 나에게로 오너라
나는 평화의 어머니시다 하는 말씀에

꼬옥 품에 안기며 모든 짐을 놓으니
하늘도 땅도 사람도 모두 평화로 보인다
어느덧 감사함만이 내 안에 가득하고
나는 평화를 걷는다

하느님께 가는 길

태풍이 할퀴고 지나간 돌밭에서도
무수한 사람이 밟고 지나간 돌덩이 땅에서도
온갖 쓰레기로 뒤덮인 땅에서도
세월이 흘러 생명이 솟아오릅니다

생명이 피어남은 자신을 죽여야 함을
대지는 소리 없는 아우성으로 외치고 있습니다
더 높이 더 많이 쌓고자 할 때
모든 것이 죽고 사라집니다

생명은 하느님이 주는 것이요 그분의 섭리입니다
생명 없는 생명이 난 것은 높음에서 낮음을 향한
그분 십자 나무에서입니다
겸손한 사람은 십자 나무를 심고 교만한 사람은
바벨 나무를 심습니다

올라가면 떨어지고 내려오면 올라갈 수 있다는
당신의 말씀에 하늘 끝을 쳐다 봅니다
저기 저 하늘 끝 한 자락에 내가 걸쳐질 수 있을지
심심산골의 이름 없는 야생화로 당신만을 바라보고
살 수 있기를 눈물로 분향하며 낮음을 청하옵니다

나가사키의 꼴배

간절히 두 손 모아 당신 향한 묵주의 기도
낭낭히 울려 퍼지는 꼴배 동산 천상의 소리

꿈에서 흰옷과 빨간 스카프의 여인 마리아를 만나
빨간 순교의 왕관을 받고 한 생애를 방향 전환하시고
아우슈비츠의 단두대가 너무 애처로워 핏빛 순교의
월계관을 쓰시고 한 생명을 살리신 참다운 사제

아비규환의 한복판으로 뛰어들어 전쟁은 그만
평화를 외치며 기꺼이 한 목숨 바치고 이 동산에서
나가사키의 원폭을 예언하듯 평화를 심고
성모의 기사가 되라고 우리를 손짓한다

아, 꼴배여 사랑의 순교가 무엇인지 우리

그 길을 가라고 영혼을 잡아챈다

순례자여 들리는가 저 간절한 사랑을!

망(望)부활

죽음의 광기 가득한 그 새벽 닭 세 번도
울기 전 베드로 회한 가득한 눈빛으로 주님 떠나고
남아 있는 자 죄 없어 오직 죽음을 재찍질하며
우주에 단 하나의 존재 죄 많아 십자가를 진다

율법의 걸림돌에 넘어지는 가시관의 침묵의 눈동자
슬픈 사슴의 눈으로 수많은 아우성들을 껴안으며
한 발 두 발 죽음의 골고다로 세상의 모든 죄를 안고
십자가에 못 박히러 그 언덕을 오르신다

하늘을 향해 두손 치올리고 다물 수 없는 그 입
천지도 짙은 어둠이요 절망만이 골고다를 가득
채울 때 死斑의 십자가 그 고통 극에 달하여
아! 아버지시여 왜 저를 버리시나이까?
고개를 떨어뜨린다

깊은 어두움 한가운데서도 희망의 빛은 떠오르고

억겁의 동굴은 산산히 부서지며 생명이 용트림한다

이른 아침 마리아 막달레나 내닫는다

베드로도 급히 내닫는다

빈 무덤 그들 앞에 서신 부활의 주님

세상의 죄를 밟고 우뚝 서신 승리의 주님

환한 웃음으로 두 팔 벌려 우리의 눈물 닦으신다

산들아 바다들아 환호하자 부활의 나라가 왔다고

고통을 이겨낸 선한 양심들아 마음껏 부활을 노래하자

1부 주님을 찾아서

용굴 촛대바위길

내 친구 바다가 봄바람을 실어 초곡 용굴
촛대바위길로 나를 불러냈다

둘레길 우뚝 서 있는 용굴 촛대바위는
지구가 태어나면서부터 저렇게 부동자세였을까
아니면 님이 세월을 두고 태초부터 정을 들이댔을까
영원을 향하여

그보다는 파도가 억겁의 손으로 다듬어서
몽돌 큰 바위가 촛대로 거듭났겠지
이제는 큰 복 받음에 님을 향하여 기도 손으로 노래하며
넘실넘실 춤을 추고 있다

잠시 아수라 현장을 떠나 촛대 친구와 깊은 대화를 나
누었다
너노 님께 춤을 추려면 나의 담금질 말고
너의 담금질로 나를 갈고 닦으라고 우뢰친다

세월과 계절이 수십 번 바뀌어도
나는 늘 뺄 수 없는 그 자리에 박혀 있는 못이다

나는 내가 어디로 가고 있는지도 모르면서
허공을 헤매다 내의를 혼곤히 적신다
그러다 퍼뜩 정신이 들어 오직 님이 내미는
자비의 손만이 직진할 수 있다고
항복하며 털썩 무릎을 꿇는다

춤들을 추자

어둠이 너무 길어 암담한 암흑만이
세상을 뒤덮었다
배반의 그를 십자가에 처하라는
아우성만이 천지를 휘몰아친다

죽음의 춤사위가 난무하는 그 언덕의
깊은 심연은 희망을 삼켜 버렸다

십자가를 끌어안고 온몸으로
하늘나라를 선포하고자
하지만 비난의 소리만이 가득하다

세상은 온통 잿빛으로 가득차 있다
단말마의 고통 피범벅의 당신
꼭 그 길밖에 없나이까
기야 할 길은 가는데 왜 이다지도 가슴이 서러울까

실오라기 희망조차 없던 억겹의 동굴에 빛이 스며든다
서서히 희망이 비쳐오며 그분의 모습이 생명으로
진화하여 나타난나

이른 새벽 님이 너무도 그리워 숨가삐
달려 가보니 아! 그분이다 십자가의 그
분이 환한 생명으로 두 팔을 벌리고 있다

알렐루야 알렐루야
세상이 춤을 춘다 세상의 한가운데로
생명을 주시러 예수 부활하셨도다

죽음이 지옥으로 가고 지옥같이 살았던
우리가 세상의
생명으로 살아가니 어찌 기쁘지 아니한가

사람들아 팔을 활짝 벌려라 춤들을 추자

가난한 이 부유한 이 따로 없는

하늘 세상에서 대동의 춤을 추자

알렐루야 알렐루야

주님 세례

하늘이 열리고 한 줄기 빛이 비쳐올 때
"이는 내 사랑하는 아들 내 마음에 드는
아들이다"라며 신년 벽두 태초의 음성이
들려옵니다

주님 세례는 인간 세상 한복판으로
뛰어듦이고 아들 예수를 만방에 선포함은
세상의 죄를 더는 보지 않겠다는 당신 구원의
결연한 의지이며 이 한반도에 평화를 정착
시키겠다는 희망의 메시지입니다

수천 년을 손꼽아 왔던 우리의 희망이 오늘
겸손히 세례 받으심은 세례의 의미를 깨닫게
해주고 인생은 새롭게 출발해야 함을 알려줍니다

지난 세월 우리는 세례의 의미를 망각한 채
신앙의 고비마다 아버지의 뜻보다 세상의 뜻을 따라

좌충우돌 동분서주 긴 회한만 남겼나이다

계미년의 새 아침 묵묵히 여명을 가로지른 해오름의
세례 속에 당신의 활화산 같은 눈망울을 바라보고
온몸이 용광로처럼 타오릅니다

절체절명의 신앙의 위기 순간에 한반도가 전쟁과
평화의 갈림길에 흐느끼고 고뇌할 때 당신 세례에
우리 자신을 투사케 하소서

각지고 모난 우리가 한 해를 막 설계할 때
당신의 세례와 은총으로 다듬어지게 하시며
또 하나의 나의 이웃에게로 눈을 돌리게 하소서

끊임없이 사랑의 물을 쏟아내어 세상의 모든 것을
정화시키는 샘물이게 하시어 당신 마음에 드는
아들이게 하소서!

봉헌의 삶

하늘이 열리고 천사들이
주님을 옹위하는 날
성모님은 오롯이 배초의 비밀
예수를 성전에 봉헌하고
봉헌의 주 예수는 당신의 축복을
봉헌된 수도자들에게 오롯이 가져다 주십니다

부복 십자의 가슴 안은 수도자
그대들의 봉헌은 예수님을 지상으로
하강시키는 그분의 신부였습니다

주님의 삶을 청빈 정결 순명으로 살겠다는
수도자의 봉헌을 축성하고
그들을 안아주신 봉헌 생활의 날
어두움의 세상이 봉헌된
촛불의 삶으로 환히 밝아옵니다

오롯이 정결한 마음으로 부복하는 삶은
죽는 것도 사는 것도
예수님과 함께하겠다는
죽음을 초월한 서약입니다

제대 앞의 당신들은 한 송이 꽃이요 별입니다
오늘 축성된 그대들을 위하여 기도합니다

주님 사랑받는 삶의 세상의 평화이소서
세상의 사랑과 자비이소서
눈물겹도록 주님을 살아가는
당신들을 가만히 안아보며
축복받으소서 오늘 마음껏 기쁘소서

어머니의 눈물

두타산의 초록과 석양에 紅潮를 띄운
어머님의 얼굴에 한점 눈물이 똑
소리 없이 흘러내려 가슴을 적시며
대지를 녹인다

가야 할 길은 아직 먼 끝 하늘인데
휘청이며 쓰러지는 아들의 얄궂은 운명에
어머니는 반사적 손을 내밀어 십자가를
꼬옥 끌어안는다

쓰러지는 아들을 끌어안고 하늘과 땅의
중간 점에서 잠시 머뭇거리다 당신의 가슴에
꼬옥 안고 하늘 끝 아버지께로 향한다

깊고도 그윽한 어머니의 가슴에 하나 비수가
꽂히지만 뜨거운 가슴에서 흘러나온 사랑의
향기로 반목과 대립으로 얼룩진 세상을
평화로 물들인다

늘 그 자리서 수많은 사연을 안은 사람들이
어머니에게 올리는 기도 소리를 침묵으로 안고
깊은 내면의 소리로 아들에게 저 사람들을
모두 받아달라고 간절히 원의하신다

어머니 이제 저만이 어머니의 아들이 아니라
이 사람들이 모두 어머니의 아들입니다 하는
아들의 한 마디에 행복해 하시며 저희를 안아주시는
어머니를 이 밤 더는 눈물 흘리지 않게 할 것입니다

오늘도 소리 없는 침묵으로 달을 입은 여인의
미소로 "오너라 나의 자녀들아!" 내가 너희를
얼마나 사랑했는지 안다면 너희는 기쁨에 겨워
눈물 흘릴 것이다

어디쯤 와 있을까

세월이 시속을 초과한다
어느덧 반백의 머리카락
무엇을 향해 쉼 없이 달려왔고
누구를 위해 살아왔는지
고개를 돌려 뒤를 돌아보아야 할 시간

머-언 과거로의 회귀가 아니라
기억을 더듬어 오늘을 새롭게
일구어야 할 당위성이 다가오는 시간
가슴이 충만함은 님이 계신 때문일까

그 님이 우리에게 물으신다
너 어디쯤 있느냐고(창세기 3장9절)
가던 길을 멈추고 자신을 확인해야 할 시간
두려워 말고 자신을 만나는 영원 속으로
들어가야 하나

가던 길이 님이 손짓하는 길이 아니었다면
방향을 틀어 님의 향기가 있는 곳으로
발걸음을 옮기는 이 시간 아쉬워 말사
가던 길 집착을 말자 그 길은 애초에
길이 아니었다

광란의 모든 시간은 태워서 님께로 보내고
오늘도 손을 내미는 님의 온기가 마음의
냉기를 몰아내고 님의 사랑이 서럽도록
온몸을 취하게 만든다

부활

주님 수난의 길을 올라가신다
최후의 만찬을 올리며 사랑의 절정을 주신다
밤샘 기도하고 고통의 길을 가려 하신다
오후 3시 어둠이 내리 덮치고
성전 휘장이 끊어질 때 다 이루었다 하신다

어둠을 뚫고 넘치는 밤이라도 새벽은 온다
밤이 너무 어두울수록 빛은 더 밝게 피어난다
깊은 심연의 한가운데서도 그분은 솟아오르신다
생명이 죽은 듯이 보이지만 다시 살아난다

아! 예수님이시다 어둠을 가르고 성큼성큼 우리에게
우리 존재의 희망이시다
악과 죽음이 사색이 되어 항복한다

부활의 희망은 우리를 감칠맛 나게 해준다

영원한 생명 모든 인내의 근원이

고통을 이겨내게 해주고

당신 안으로 스며들게 한다

부활이여 희망이여

이 백성을 꼬옥 안아 주소서

봉성체

오늘 예수님을 모시고 나들이하는 날이다
가슴에 꼬옥 안으니 심장이 팔딱팔딱 뛴다
여행 가는 것이긴 하지만 늘 종착점은 아프고
병들고 가난한 집이다

다소곳이 제상을 차려놓고 기다리시는 어르신들
나이가 들어 귀머거리 눈먼이 더듬거리는 이가 많다
예수님은 믿음을 보고 에파타 하고 단 한 번의
치유로 끝을 내지만 나는 치유의 흉내를 내는 인간

속이 빈 긴 종이 막대기 접어 어르신과 통화를 한다
어르신 알아 들었는지 말았는지 고개는 연신 끄덕인다
기발한 아이디어니 예수님이 늘 간직해서 잘 써먹으라
고 한다

당신은 말씀 한 마디로 끝나지만

너는 죽을 때가지 그렇게 하라고 한다

내가 예수님의 능력을 어떻게 따라길까

그것은 신적 세계가 아닌 물질세계의 참봉사라고 하신다

내 발명품에 예수님도 감복하신다

신적 경지와 인간의 경지 그 경계를 아는 사람만이

자유롭게 하늘과 땅을 드나들 수 있음이다

백송(白松)

하얀 눈으로 순백을 뿜어내는 소나무
고고한 자태를 뽐내며 금방 군무(群舞)하는
천년학의 모습으로 비상할 듯하다

너와의 인연은 그 옛날로 거슬러 올라가
너를 안고 너의 볼에 내 볼을 비비며
너의 진한 향기가 너무 좋아 너처럼 살겠다고
젊음의 뒤안을 생각하면 그 모습 하나도 이루지
못하고 때묻은 모습으로만이 다가오는구나

너의 진한 향기 아직도 너무 감미로워
휘청하는 발걸음을 바로잡고 너와의 약속을 위해
오늘도 너에게로 향한다

찬란한 별

동방에 떠오른 별 하나로 세상은 술렁이고
권세와 명예에 집착한 사람들은 어쩔 줄 모른다
가난한 목동에게 당신 태어남을 제일 먼저 알리고
세상의 모든 이에게 당신 구원의 현현을 선포하니
만상이 당신 앞에 엎드려 경배하옵니다

한 빛이 어둠을 이길 때 사람들은 환호합니다
아집과 독선은 저만치 도망가 맥을 못추고
이슬 같은 인생이 평화와 행복의 구원으로 바뀌는 이 날
참으로 오묘합니다
선민은 사라지고 팔삭동이 이방인이 춤을 춥니다

동방박사의 경배는 당신이 구원의 왕이며
알몸이면서도 부끄럽지 않은 것은 당신의 죄 없음이고
인간이 돌아가야 할 곳은 가난한 마구간의 거짓 없는
진실로 들어가야 함입니다

한 해를 여는 새해 벽두 감사와 찬미의 삶을 드리며

세상의 빛이신 당신의 빛을 받아 세상의 어둠을

비추는 거울이 되게 하소서

반목과 대립과 질시로 다툼하는 세상을 저희가

평화의 사도로 나서게 하소서!

설산(雪山)

소음이 시끄러운 낮이어야 하는데
천지가 잠을 자는구나

소리 없이 내린 눈은 늘 아침에만
볼 수 있으니 하얀 천사가
밤에만 활동하는 것일까

雪松 위에 내려앉은 끝없는 천년학은
풍파 치는 마음 가라앉히고
세상의 평화를 노래한다

아귀다툼하는 우리 소리 없이
서로를 향해 평화를 노래하는
천년학이어야 하지 않을까

기억 속에 가물거리는 주님
하얀 천사로 오셔서 다시 한 번
일어서라 한다

내일 밤도 하얀 천사는 천년학으로
오셔서 평화를 평화를 빈다 하시겠지

오후 파노라마

독선과 아집이 고봉 위에 집을 짓고
참회의 길은 멀어 먼길 달구지 타고
날아가서 가뿐히 풀밭에 드러눕는다

제주도의 한낮의 오후는 평화롭다 못해
꿈 잠을 꾸듯 골롬반 피정의 정원은
기도 손으로 나를 반긴다

갈고 닦아 천주께 가까이 가고자 하나
나이 먹은 내 육신은 죄밖에 없구나
황홀한 저 자연 속에 이 몸 투사 깨끗한
영혼으로 살고프다

호흡을 멈추듯 지나가는 순간의 찰나

저 비행기는 석양에 물든 황금빛 빛이로다

깜깜한 밤에도 내 영혼을 활짝 비추는구나

평창 남산의 둘레길

바람 흘러 다다른 평창 남산은 가을이

익어가고 사랑도 타들어 간다

평창강 흐르듯 사랑은 지구 넘어

반대편 잠비아로 흐르고

칠십을 바라보는 나이에 잠비아

선교 사목을 자원하여

떠난 단짝 친구를 이 가을이

유난히 그립게 만든다

사제들의 로망 선교 사목 아무나 갈 수 있지만

누구나 갈 수는 없다

오직 그리스도의 사랑만으로

뭉쳐진 은총의 사람이어야 한다

전기와 물의 부족함이 일상인데도
얼기설기 엮은 지붕 가난한 단칸방에서
살아가는 잠비아 아이들은 웃음을 잃지 않는다

문명의 이기는 못 누려도 예수님을 향한
그들의 열정적인 춤과 몸짓 언어는
초대 교회 공동체의 신심과 삶이다
나누고 섬기고 사랑하고 친교하고 이보다
더 좋은 공동체가 어디 있을까

마지막 사목을 선교지에서
순수의 가난한 친구들과 보내는
노사제의 열정을 보시고
예수님은 얼마나 기뻐하실까

우리가 어릴 때 골롬반 선교 신부님들에게
받은 사랑을 그 사랑을 마음껏 나누어주려고
선교 간다는 친구 남산 둘레길에 닢 놓고 앉아
친구 없는 평창강을 바라보며 그의 선교 열정이
잠비아서 그리운 바람 소리로 들려온다

지구 반대편을 뛰어넘는 우정은 주님 사랑으로 승화되고
세월 가도 강가 돌무더기에 앉아 허기를 달래려 하는
오직 저 가마우지 집념처럼 주님 낚아채기 직전이다

길 위의 사제

수많은 길이 있는데 한 길만을
가는 사람이 있다
천둥과 번개가 합수를 해도
그 길을 가야만 하는 사람이 있다

사람들은 다른 길도 있는데
왜 그 길만을 가느냐고
그 길에 무엇이 있길래
그 길만을 가느냐고 묻는다

나는 대답한다
거기에는 소통치 못하여 恨을 안고
가는 사람이 거기에 있기에 그 길을 간다고

삼보 일 배를 하다가 보면 낮음과 겸손의 사이로

눈물이 마를 새 없는 수많은

예수님이 그 길 위에 보이기에

나는 오늘도 그 길을 간다고 말한다

비통

새벽을 가르는 닭의 울음 소리에
떠진 동공으로 하늘을 바라보니
하늘엔 아직 별 가득 달님 서산 기웃

2천 년 전 그날 그 새벽의 하늘은 질서가 깨지고
그때의 울음소린 오늘과 달랐겠지
베드로의 충성이 세 번도 울기 전에 허물어지고
비통함과 회한으로 가득차 빌라도의 법정을 뛰쳐 나간다

사람들 아우성 가득하고 죽음의 광기만이 가득한데
누가 흐트러진 저 새벽을 창조의 순간으로
되돌릴 수 있는가

죽음을 뛰어넘은 십자가 그 길만이 모든 것을
원천으로 되돌릴 수 있음을 돌아가신 다음에야
깨닫는다

은행나무

사시사철 그 자리서 변함없이
봄에는 아기 손을 내밀어

순진의 근원으로 돌아가라고 손짓하며
여름은 무성한 잎으로 쉼터 되라고

가을은 노란 열매 맺어 알찬 사람 되라고
겨울은 벌거벗은 몸으로 모든 것을 내놓고
사라지라 한다

하늘 향해 두 손 벌려 당신 찬미하고
깊은 뿌리박고 유혹에 흔들리지 않는 삶

살아가는 날 몇 번이나 저 마당의 은행나무처럼
욕심 없이 모든 것을 내려놓을 수 있을까

촌놈 자식

사랑 수를 놓으며 세월을 몇 바퀴 돌아
고향이 그리워 희망의 발은 내 딛었건만
개 짖는 소리만이 요란하고 장독내의 소복 쌓인
눈송이만 순백으로 나를 반긴다

窓없는 공간에서 기대 섞인 눈망울들 앞에
아버지를 자랑하자 모두들 이구동성 칭찬하다
순간에 나의 족보 신분 따져 보더니 이내 야수로
돌변한다

아버지는 오늘도 수 대째 물려받은 家庫에서
밥상을 짜맞추고 어머니는 5일장을 맞추어 콩나물
일어 엄동설한에 내다 파는 장꾼이라 누가 아버지와
어머니를 모독하는가

부귀와 권력을 안고 금의환향하였다면 모두들
머리 조아리겠지만 십자가의 고통과 사랑만이
살길이라 설파하니 아니꼬운 게 한두 가지가 아니라
저놈 죽이라는 소리가 자못 시끄럽다

마음이 옹졸하고 밴댕이 같은 고향 사람들아
당신네들보다 훨씬 마음이 바다 같고 인정이
살아 넘치는 쪽방의 바깥 사람들을 이제부터
찾아가리라

탐욕과 이기심이 난무한 죽음의 한가운데를
의연히 걸어가는 뒷모습에 모두 일시 숨이
정지된다

매미 소리

모두가 흐늘거리는 한낮 매미 소리 요란하다
쉼이 없어 목이 터지지나 않을까 노심초사
7년의 기다림 그리고 한 주일의 삶
생이 너무 짧아 아쉬움의 몸부림일까

정적 한가운데를 뚫고 세상 중심에 선 삶
비바람이 못살게 굴어도 밤 사이를 견디어
동트는 새벽 또다시 신명을 다 바치는 아우성

뒤집어진 삶은 다시 일어서기가 쉽지 않아
그 자리서 끝없이 후드득 맴을 돈다
조금만 손을 내밀어도 다시 일어설 수 있는데
파르라니 몸을 떨다 숨을 멈춘다

함께 살자

서로 공존하며 사랑하라고 하신 주님!
적개심과 미움에 불타 있는 남과 북이
화해하고 서로 공존하게 하소서

창조 질서를 부여하며 세상을 아름답게 만드신 주님!
인간의 욕심으로 황폐화 되는 자연을 보호하여 주시고
무수한 생명을 죽이는 4대강 개발을 멈추게 해주소서

하느님의 모상을 닮은 인간은 평등하다 하신 주님!
꺼져가는 민주주의를 되살려 주시고 인간의 기본권인
집회, 결사, 표현의 자유를 보장하게 해주소서

재화를 만드시고 이것을 나누라 하신 주님!
가진 이들이 서민의 삶의 질곡을 들여다볼 수 있는
눈을 주시고 그 재화가 없는 이들의 것임도 알고 나누어
쓰게 도와 주소서 주 예수님의 이름으로 비나이다

가슴이 쿵하던 날

그날이 벼락 같이 온다던가 가슴에
돌 하나 심장을 친다
버거움을 쓸어안고 온 이불을 헤맨다

흥건히 적신 그 날의 밤
원전 후보지로 발표된 날
희희낙락대며 웃음짓는
이완용 같은 핵 마피아들 생각하면
온몸이 녹아내린다

정반합의 법칙인가 모든 게 허무 같아도 여명은
우주의 질서 따라 다시 밝아오고 있음을
새벽 같이 보게 된 그 날
희망은 나쁜 선물과 함께 존재함을
깨닫는 계기도 되었다

절망을 버리고 투쟁의 역사 속 빈 우물에
시지프는 채울 수 없지만 의의 샘물을 끊임없이
퍼붓다 보면 오히려 시지프의 신화가 거꾸로 가는
원전 취소의 날이 벼락 같이 오리라

광기 가득차 지금 웃는 그들
통곡하는 그 날이 오리다
에덴동산으로의 회귀는 원전 백지화 탑에
투쟁뿐이라고 새기며
가야 할 직분도 잊고 어느덧
투쟁은 나의 삶의 일부가 되었다

가만히 있으라

가만히 있으라 배가 15°로 기운다

가만히 있으라 배가 45°로 기운다

가만히 있으라 배가 90°로 기우나

가만히 있으라니까 배가 180°로 뒤집어졌다

아이들은 가만히 있었다

어른을 믿고 미동도 하지 않았다

가만히 있은 결과 250명의 아이들이 수장되었다

수장된 생떼 같은 아이들의 목소리가 들린다

왜 가만히 있으라고 했느냐

누가 가만히 있으라고 했느냐

그러나 오늘도 팽목항은 응답이 없다

성난 파도소리만이 들릴 뿐이다

곰치도 춤을 춘다

수족관에 갇힌 물텀벙이 곰치를 넋 놓고 쳐다본다
쥐죽은 듯 납작 엎드려 있다
태평양을 헤엄치며 자유를 누리던
저 물텀벙이 사는 게 재미가 없어서일까
아니면 세상 꼬라지 보기 싫어 잠수 타는 것일까

가만히 휴대폰 음악
bridge over troubled water를 들려주었다
녀석이 신난 음악을 타고 춤을 춘다
다른 곰치도 덩달아 신이 난다

아귀다툼의 세계 누가 잠자는 백성에게
음악을 틀어줄 것인가
신나고 살 만한 세상으로 말이다

그러나 오늘도 대왕고래는 수많은 곰치
씨알들을 집어삼키며 폭군으로 난장판을 친다
수많은 생명이 물밑에서 움츠리고 누가 파워풀한
음악을 틀어줄 것인가를 기대하며 때를 기다리고 있다
곧 노도가 밀려올 참이다

깃발

바다가 요란히 불러 친구하러 나갔다
어제는 바다가 깊은 취침을 하듯
한가롭고 엄니의 다듬이질 소리 같이
평화롭게 속삭이자 하더니만
오늘은 어째 잔물결이 슬슬 몰아친다
곧 태풍을 몰고 오겠다는 전조 같다

폭풍에서 솟아올라 저 광야의 한가운데로
대동의 깃발을 꽂으러 나귀 타고
가는 초인은 누구일까
고통의 얼굴이지만 이미 부활을 느꼈임일까
어떤 마전장이보다 환하다

폭풍이 몰아치고 수많은 병졸들이
포말을 뿜으며 육지로 내달린다
초인의 뒤를 따르자고 서마나의
깃발을 가지고 간다

뒤집힌다 깃발이 휘날린다
여기서부터는 이제 민중의 나라이고
고통받는 이들의 나라라고
세도가와 부자는 쫓겨나고
민중의 세상이 온다

내일 저녁이면 광야는 승리의 깃발이
천지를 휘날리리라

백남기 엠마누엘

하늘은 맑고 가을은 깊어 가는데 어르신 영혼
귀천 못한 접동새가 되어 생떼 같은 논밭을 몇 날이고
날아 가로지르며 꺼이꺼이 우는구나
굵은 씨알은 황금빛이고 타작 못한 내 새끼는 한이 된다

현실화시켜 달라는 생명 같은 쌀값
개떡 취급하는 물대포에
불같은 열정으로 맞서면서 자신 한 몸 불사르고
권세 없는 농부의 항전의 의지를 보여주며
자존심을 살린다

참담함이 우리를 짓누르고 숨쉬기도 버거울 때
연대가 무엇인지 일깨우고 국가 폭력은 악이리며
산자는 온 몸으로 악에 맞서야 함을 선봉에서 보여준다

육신은 아스팔트에서 물대포 따라 조리돌림 당하면서도
불나방처럼 자신을 불살라 우리에게 빛을 보여주니 진군의
나발이 시작된다

귀천 없는 현실의 삶이 천상 삶의 시작임을 알리고
실천하는 의인의 기개를 우리에게 보여주면서
불에 뛰어드는 불나방처럼 의의 불을 이고
불의의 불에 뛰어들라 한다

가냘픈 영혼 하나 하늘로 첫걸음 떼며 환한 웃음으로
산자여 대항하라 이 나라 백성의 나라니 분노하라 소리친다

슬픔을 뛰어넘지 못해 헤매던 접동새는 논밭을 날아올라
햇살 뚫고 하늘로 직진하며 이제는 행복한 노래부른다

의인이 떠난 뜰은 이슬이 방울방울 가득하고 미처
추수 못한 생명이 아우성 하며 논밭에 널브러져 있다

그 날!

5월의 장미 향기가 천지를 흩뿌리는데
결전을 준비하는 시민군의 부릅뜬 눈은
핏빛으로 물들었다
통곡의 소리가 광주의 밤을 무섭게 짓누른 날
하늘도 땅도 울었다.

여리디여린 손들이 주먹밥을 만들고
시민군은 받아들고 활짝 웃으며 한입에 꿀꺽
민주를 위해 서로 목을 축이고
그렇게 사랑하고 광주를 지키자고

빛고을의 누이들과 두 손 잡던 날 오히려
그날은 전쟁이 아니라 일심동체가 된
축제의 날이었다

어두운 새벽 돌연 탱크 소리가

축제를 원한의 밤으로 만들고

난데없는 어린 시민군의 비명 소리가 들린다

형님들 따라서 하나된 기쁨의 그날인데

채 피지 못한 꽃은 지금 광주 망월동

묘지에 꽃다움을 민주에 바치고 잠들어 있다

한 방울의 물이 모여 강이 되고 바다가 된다는 사실

광주의 민주는 완성되리라

역동의 수많은 그 눈망울들이 있기에

하늘 아래 우리 보며 환한 웃음으로

그 공로를 지금 누리고 있다고

주체할 수 없는 우리의 약동을 보고
살아있는 자여 옳은 길이라면
포기하지 말고 그 길을 가라고 외쳐 준다

그렇다 살아있는 자여 가자
너와 내가 하나 되고 귀천 없는 세상에서
덩실덩실 춤을 추며 살 그날까지
우리의 꿈이 완성되고 눈물 없는 세상 올 때까지!

밀양의 할매들

마을의 민심과는 역행하는 송전탑 세워지고
선로 지나가는 위치에 밀양의 할매들이
부끄럼도 마다않고 경찰 앞에 반라로 대어든다

쭈그러진 젖가슴을 들이밀며 너희들도 이 젖을 먹고
자라지 않았느냐 하며 모성을 자극시키며 극렬히
경찰 물러가라며 아예 땅바닥에 드러눕는다

힘없는 백성이 총칼 없이 권력에 도전하는 가장
강력한 방법은 나체 시위뿐이라는 것을 아는 할매들
그러면 경찰도 부끄러워 고개 돌리겠지 하는
순수한 마음의 우리 할매들의 저 싸움은
전기는 생명을 거스르고 가난한 백성의
눈물을 훔쳐 흐르는 것을 알기 때문이다

송전탑을 머리에 이고 논밭으로 지나가는 선로는
전자파로 생명을 위협하고 촌로의 인권을 무시하는 건
그들의 자존심마저 팽개치는 것에 원통함이 가득하다
내가 태어나고 죽어갈 천혜의 땅에 불순물 없는 재로
변하고자 하는 창조 때의 마음이 아닐까

전기는 수도권에서 쓰는데 왜 우리가 희생하고 생명을
담보하고 살아야 하는지 그 원통함과 경제 정의가 무너짐에
할매들은 이제 마지막 팬티까지 벗으려는 찰나 신속히
여경들이 가림막을 친다

누구보다도 용감한 밀양의 할매들의 전라 순간

숨이 멈추어지고 전율이 흘렀다

동시들은 나 어디가고

권력의 방자함을 저 할매들이 나서 깨뜨리려는가

순간 경찰로 돌진하였다 그러나 경찰이 비키는

순간 더 큰 불의한 공권력 포크레인을 보았다

절망이 온몸을 음습하고 그 자리에서 송장이 되었다

주님 거기 계십니까

주님 거기 계십니까?
폭풍 불꽃 속에서도 없던 당신이 거기 계십니까

화려한 도시의 광야를 떠나야만 계시는 당신 침잠의 한
가운데로 눈을 감습니다

단식의 한복판 거기서 당신은 세상을 관통합니다 부처
의 자비가 뻗치는 세상 한가운데 명진은 주님과
함께 계십니다

십자가의 무게가 감당할 수 없을 때 하늘이 열리고
세상의 열림은 명진을 통하여 보게 됩니다
주님 명진 스님을 위해 눈을 감습니다
육체는 분리되어 있지만 일심동체임을 호흡합니다
그와 함께 세상 중생이 눈을 감게 하소서

한 주일의 삶이 끝나는 매미 소리가 땅에 떨어질 때

불현듯 새 세상 열림을 주먹 잡습니다

그날 그날이 성큼 오게 도와주소서

나목(裸木)

한 세월 생을 풍미하던 멋스러움은 사라지고
지금은 앙상한 모습으로 찬 바람을 맞고 있다
벌써벗은 몸을 바싹 움츠려 내일을 기나리는데
한 점 희망은 보이지 않는다
어둠뿐인 터널을 지나 아주 여린 기운이
온몸을 돌아 서서히 퍼져가는 온류는
여린 아기 손을 준비한다
질긴 싸움 끝에 오는 것은 생명의 잉태던가
수많은 아우성이 푸르디푸르게 노래하고 춤추는
그날이 오고 있다

잘 가시오

영욕의 예순셋 풍상의 절정 5년
우직한 당신의 성품과 더불어
부러질세라 뜯길세라 노심초사
애간장을 다 태우더니만
어느날 홀연히 가시는구려

백골이 진토 되어도 의연히 그
길을 가신 님이여
당신의 발자취는 한국 현대사의
한 획을 긋는 민주주의의 꽃봉오리였소

남은 고난은 이제 우리들의 몫이오
못다한 당신의 뜻은 후세인들이
온갖 풍상 속에 엮어내어 꽃 피울
일만 남았소

잘 가시오 편히 가시오

민주화의 꽃덩어리시여

우리가 그 눈을 감겨 드리리이다

품에 안기시오

사람은 자연의 한조각

떠도는 구름 속에 언제 어디서나

당신은 영원히 우리 곁에 있을 것이오

미약한 시작

시국 기도회는 작은 찻잔의 태풍이었으나

하늘 찻잔의 카눈이 되었다

사람들은 비웃었다 가장 작은 고을 나자렛에서

뭐가 나오겠느냐고

그렇지만 거기에 사람들이 알지 못하는 하늘이 났다

사람들이 사제단을 비웃었다.

아무리 기도해 봐라 하늘은 땅에 없고

하늘에만 계시다고 말이다

그러나 우리는 땅에도 하늘이 있다는 것을 알려주기 위해

긴 시국 기도회를 가졌다

무엇을 이루기보다 그 하늘이 야훼이레라는 것을

우리가 야훼이레라는 것을

그 기도회에 나온 모든 사람이

하늘이라는 것을 알려주기 위해서이다

사람들은 사제단이 예수님의 삶을
실천한다며 환호하며 한숨을 놓는다
그들에겐 너무 버거운 십자가를
함께 져 줄 사람이 필요했다
십자가가 가벼워졌는지
덩실덩실 춤을 추며 앞장서 나간다

사제단의 시국 기도회는 전주 풍남문을 시작으로
창원, 수원, 춘천, 의정부, 인천, 원주, 청주, 제주,
안동, 전주, 대전, 대구를 거쳐
드디어 8월14일 서울로 입성한다.
비록 나귀 타고 가는 입성이지만
그 입성은 분명 큰 벼락을 칠 것이다.

계곡에서의 넋두리

물 바람 새 창조의 조화는 나그네의 발을 붙잡는다

뻐꾹새가 말한다 벗지 못해 한이 된 며느리의 울음이
라고
새끼 잃은 어미 새가 말한다
내 분신을 잃고 어찌 살라고

계곡의 물소리는 모든 한을 담은 소리를
바다로 기도의 수증기로 만들어
천상으로 올리겠다고 한다

우리네 삶 언제 눈물이 마를까 저 광야의 척박한 삶을
거친
당나귀 타고 오는 의인
아니 온갖 영화 누리고 일장기 앞세우며 친일했던 친일
파가

그 세상은 백성의 한을 풀어주는 당나귀 타고 초췌한 모습으로 오는 신적 인간이겠지

교만과 거짓의 숨소리보다 바람 타고 계곡 타고 오는 진리의 숨소리 그분이겠지
산비둘기 한 마리 등뒤에서 목놓는다

조선의 아이들아

조선의 아이들아 일본의 하늘 아래에서
잘 있느냐 사무치게 보고 싶어도 너희는
조국으로 돌아오지 못하는구나
무엇이 우리를 이렇게 갈라 놓았을까

마음이 통일되지 못한 선조들의 잘못으로
일본 땅에 남게 된 아이들아
오늘도 조선의 언어와 문화를
지키려고 안간힘을 쓰는 너희를 보니
우리가 부끄럽구나

남조선과 북조선 어디에도 속하지 못하고
이방인으로 살아가면서도
한점 흐트러짐 없이 살아가는
너희가 너무 자랑스럽다

나는 어제 밤 꿈을 꾸었단다
어린 나비 두 마리가 분단의 거미줄에
걸려 허우적서림을 보았난나

손을 뻗쳐 나비를 풀어주려 해도
손은 허공만을 맴돌 뿐이었다
가위눌린 가슴 뜯으며 겨우
거미줄을 없앴단다

자유다 하고 외치며 어린 나비 두 마리가
공중제비를 돌며 인사를 꾸벅하고
분단의 벽을 뚫고 힘차게 날아올라

백두에서 한라까지 한라에서 백두까지
한순간에 날아드는 모습이 엄청 자랑스러웠다

꿈을 깨고 나니 그 나비는
일본에서 살고 있는 너희였다

남과 북의 경계 선상에 있는
너희가 있기에 남과 북은 화해할 것이고
그 경계를 없애려는 조선학교가 있기에
내가 조선인임이 너무나 자랑스러웠다

조선의 아이들아 움츠렸던 허리 펴고
당당하게 살아라 너희를 사랑하는
수많은 동포가 있단다.

오늘도 조선의 하늘은 햇빛도 찬란하고
구름 한 점 없으며 땅과 바다는
생명력을 생산하고 춤을 춘단다

통일이 되는 그날 우리 함께 손을 맞잡고

덩실덩실 강강수월래를 노래하자꾸나

촛불의 눈물

절망이 꼭지까지 달했던 하루
산도 강도 공기도 숨통이 막혔던 그 날
민초는 날개가 꺾였고 갈 길을 잃었다
가슴 저미는 아픔 어머니가 그리웠다

기댔던 아버지는 자식을 적으로 대했고
권력을 향유하는 힘은 민초를 빨갱이로 몰아
찍고 때리고 차고 밟고 하는 파라오의 광란 앞에
모두들 부르르 두 손을 꼭 잡는다

이대로 촛불은 꺼지며 정녕 새 빛은 없는 것인가
2008년 6월 30일 광장의 저녁 하늘이 열리며 빛이 직광한다
구름 한가운데를 뚫고 나온 하얀 천사는 군중을 가로지르며
다시 빼앗겼던 촛불을 쥐어준다

희망을 잃었던 절망의 얼굴들 눈물이 흐른다

두 손을 꼭 잡고 하늘을 향해 아! 주님이시여

당신은 살아 계시는군요

힘을 내십시오 용기를 내십시오 사랑합니다

부드러운 어머니의 손길이 분노와 자괴감을 잠재우며

승리의 역사를 재촉한다

새가 된 영혼

축제의 날 이태원은 참새들의 조잘거림으로
거리는 살아 있음이 가득했다
솜사탕 한입물고 하늘 한번 웃음 주고
땅 한번 생기를 준다

쪽빛 가득한 하늘은 갑자기 구름이 날아다니고
천둥 번개가 친다
비웃음 가득한 악귀는 축제를 도살장으로
만들고 광란의 춤을 춘다

바람도 들어갈 틈새 없는 숨 멈춘 공간에서
청춘은 밀고 넘어지고
오징어 포개듯이 축을 엮는다
놀라움과 심정지가 일어난다

용산의 저승사자들은 소풍을 갔고 오리를 탄다
힘에 부친 오리들이 살려 달라고 외쳐도
오히려 발장구를 치고
그들은 내려 오지를 않는다 가라앉는다
심연으로 거기는 무중력이었다

한줌의 권력을 가진 무리들이 아예 방앗간을
불태우고 꼬리를 자르며
"이 새끼들 웃기고 있네"를 연발한다

새가 된 영혼 II

선장은 징조를 알고도 승객을 축제가 있는 곳이라며
난파당할 곳으로 몰고 간다
그 배 안에는 수많은 수다와 곰 어른이 타고 있다

믿음과 희망이 사라진 세상은 살아내기조차도 버겁다
폭주하는 미친 기관사는 정신병동으로
옮겨 주어야 한다
더 큰 아수라가 오기 전에 뭉쳐진 힘으로
광장의 한 점을 차지하자

이태원 골목 넋 나간 듯 걸어본다
정리 안 된 소품들이 찬 가을바람에
더욱 을씨년스럽다

골목의 주인 없는 빨간 머플러 하나가 쌩하는 바람에
절벽을 재주 타다가 하늘이 보이자 승천한다
수많은 젊은 영혼은 이윽고 새가 되어
자유로움과 평화를 얻는다

두 손 모으고 기도손 한다 청춘이여 아름다움이여
모든 인간의 굴레를 벗어나 창공을 훨훨 날아라

밤이 깊어만 간다 달빛과 별빛도 사라진 그 골목은
침묵만이 감돌며 회한을 일으킨다 저 깊은 곳에서
우리에게 숙제를 남기며

아우성

파도가 높다 그 아우성은 자못 시끄럽다
바다 밑에 수장된 아이들, 오징어 축 엮듯이
죽어간 이태원 아이들의 파도소리다

진혼곡이 되어 들리는 저 소리는
비장한 각오로 거품을 내뿜는다
수없는 포말을 내뿜으며 육지의 것들을 향해
우뢰를 터트린다

내가 왜 수장되어야 했어
내가 왜 오징어가 되어야 했어를 밝혀 달라고 한다
자신의 분신인 아이 영정을 끌어안고
엄마는 눈 오는 추운 겨울 오늘도 오체투지
매일매일 아이들의 죽음 진실을 밝히라며
영정을 끌어안고 몸부림친다

그러나 메아리만 들려올 뿐 진실의 소리는 들리지 않는다
용와대의 대왕고래 내 책임이 아니여
빤질빤실 행안부장관 내 책임이 아니야
오히려 아이들의 책임이라고 빨간색은 말한다

국민의 생명을 책임져야 할 너희는 왜 오리발인가
특권인가 왕인가 나쁜 녀석들 답이 없다
특검하라 날리면은 더이상 밖으로만
날리지 말고 안으로 날려라

우리는 벼르고 있다
4월 총선에서 싹쓸어 버리고 탄핵을 준비하고 있다
사람의 언어를 못알아 듣는 저 인간들을 우리가 심판하자
아이들의 소리가 묻혀 있는 해변을 걸으며
진혼의 아우성을 듣는다

조금만 더 기다려라

우리가 싹 다 쓸어 버린다

아이들이 웃는다 우리의 소원이 풀어진다고

햇볕을 반사하는 파도의 포말은 이제는

웃는 모습으로 가득하다

눈물

눈물이 많은 나는 눈이 커서 왕방울 눈물이었다
슬픔이 밀려들 땐 슬픔의 눈물을 기쁨이 솟구칠 땐
기쁨의 눈물을 한 바가지씩 흘렸다
눈물 많던 소년이 어느새 눈물이 없어졌다
세월이 내 눈물을 훔쳐 갔기 때문이다

이제는 희뿌연 신작로에 쓰러진 자전거 한 대만 보일 뿐
그 많은 가로수는 감옥에서만이 보일 뿐이다
하지만 그 눈물샘이 세월이 흐르자
한강의 발원지 검용소처럼 샘물되어 또다시 흐른다

희한하게도 그 눈물은 내 눈물이 아니었다
자식 잃고 울부짖는 라헬의 눈물이었다
참을 수 없는 눈물은 내 자아가 만든 것이 아닌
이타적 자아가 만들어 낸 것이다

눈물을 참지 않고 쏟아내니 모든 파노라마가
한 눈에 스치듯 아담과 이브의 낙원이 펼쳐진다
눈을 감는다 영원과 함께 눈을 감는다

오늘도 내 눈물이 흘러내리면
우리는 삶의 현장에 가 있는 것이다
정화된 눈물이 흐르고 평화된 눈물이 흐르고
두 손 불끈 잡는 눈물이 흐른다

내 육신은 이제는 나이 들어 오히려 눈물이 더 많아졌다
이 세상은 눈물을 흘릴수록 정화된다
나는 오늘도 눈물 흘린다
시와 바람과 산과 스치듯 지나가는 구름을 보며!

설악산에 살고 싶다

설악산 산신령의 정기를 가득 받으며

난 설악산에서 한평생 뒹굴고 싶다

백색이 온 산을 산신령 만든 날

호랑이 등 타고 설악을 호령하며 살고 싶다

철쭉이 노적봉을 뒤덮는 날

난 연지 곤지 바르고 사랑을 수놓고 싶다

푸름이 산을 뒤덮어 휘돌 때 계곡의 선녀 몰래

나무꾼 되어 살고 싶다

가을에는 오막집 연기 하늘로 올리며

어머니와 옛 전설을 나누고 싶다

겨울에는 땅속 묻었던 고구마를 화롯불에

구우며 옹기종기 식구들과 나누고 싶다

봄에는 이쁜 내 여동생 꽃단장시켜
시집 보내고 싶다

여름에는 그 님만이 보는 곳에서
거시기 내놓고 계곡 물 미끄럼을 타고 싶다

가을은 형형색색 단풍 밑에서 아버지와
낙화주를 한 잔 그리워한다

하지만 설악산에 개발의 광풍이
몰아친다는 소식이 들린다

나는 전설도 포기하고 고구마도 도로 심고
미끄럼도 반납하며 이쁜 내 동생
시집도 보내지 않고 우리 가족 모두
한 백년도 한 백년도 더 없이
설악을 지키고 싶다

금강 소나무, 설악눈주목, 매화말발,

도리모데미 풀갈퀴, 금강제비꽃,

노랑갈퀴, 산앵도나무, 금상봄맞이, 참배암차스기,

만리화, 털댕강나무, 금마타리, 금강초롱꽃,

정령엉겅퀴 와 반달가슴곰, 사향노루, 산양,

수달, 하늘 다람쥐, 열목어, 어름치와 영원히

산 귀신 되고 싶다

이렇게도 산 귀신 되고 싶은데 누가

내 목덜미 잡아채

산 아래로 내동댕이칠까 두렵다

봄 여름 가을 겨울의 설악이 운다

성난 바다

바다가 화가 잔뜩 났다
용왕신이 성나면 바다가 거품을
품고 바닥을 뒤집는다
바다가 성나면 배 한 척도 없다
모두가 어마 뜨거라고 항구에서
바짝 긴장한다

12.12를 단죄하고 희생된 선한 영혼을
현충원에 갖다 모시라고 소리지른다
우주 안에 한 점 티끌이면서 권력이 제것인 양
까부는 인간을 용왕신이 삼켜 버리겠다고
언질을 준다

얼마 안 있어 우리의 인장으로

상식이 제자리로 돌아오면

노도노 삼삼해질 것이나

용왕신이 우리를 채찍질 하고

우리에게 희망을 건다

곧 바다는 정의와 평화가

춤추는 날갯짓을 할 것이다

절규

희뿌연 봄하늘 몸을 추스리며 하늘을 본다
몸 던져 악마의 불 풀무질을 막아 온전한
생명 보존을 위하여 그 길을 나설 때
순간 풍랑 만난 돛단배 한 척이 심해를 떠돌며
동그라미를 맴돈다

한 발도 앞으로 더 나가지 못하는 상황
자연은 우리에게 인간의 교만을 경고한다
아수라장 우리는 어디로 가야 할 것인가
경악한 세계는 무엇을 깨달아야 할 것인가

아직도 물신숭배에서 벗어나지 못하는 사람들
진리인지 기만인지 깨닫지 못하는 이여
또다시 일본의 참사가 한국에서 일어나야
가슴 치며 통곡할 것인가

가야 할 고지는 저기이고 승리의 고지는 저기인데
앞을 가로막는 숱한 핵 마피아의 겹겹한 철조망
한 발 한 발 나아가 미카엘 대천사의 정의의 칼로
불의의 가지를 쳐내고 전진하는 길밖에 없다

아! 내 태의 고향
누가 우리에게 눈물을 흘리게 만드는가
누가 평화로웠던 이 삼척을 깨뜨리는가
누가 태고의 순결을 찢으려는가

음흉하게 웃음짓고 인장 찍을 표를 계산하고
시민의 등 뒤에서 비수를 꽂는 사람들
위선을 벗어라 가면을 벗어라
우리는 그대들의 진실을 안다
단 한 칼의 칼날에 우수수 떨어지는 낙엽들
역사는 그렇게 진리를 증명하여 왔다

동해를 감싸 안고 어미 품에 안긴 병아리를 보호하는 두타여

유구한 문화와 역사를 자랑하는 실직국이여

오늘도 오십천은 동해를 향하여 한많은 울음을 토해내며

실직국의 자존과 아름다움을 지켜내라고 소리지른다

설악의 아픔이

1,708m의 대청봉이 아프다고 밤잠을
못잔다고 하소연한다
언제부터인가 사람 발걸음이
물밀듯이 오는 날부터란다

어디가 제일 아프냐고 물으니
오장육부가 안 아픈 데가 없다 한다 오장은 이미 돌덩어
리 육부는 녹아내린다
아사지경임을 하소연한다

이제 오색 케이블카마저 설치되면
나는 송장이라고 인간을 벼르고 있다
아름다운 설악의 사계는 달아나고
이산화탄소가 산을 뒤덮을 거라고 경고한다
인간아 인간아 같이 살자고
오늘도 몸에 찰싹 붙는다

우리 모두 나서 설악의 오장육부를 살리자
공멸한다는 건 그것은 자연을 지키지 못할 때 온다
자본은 오늘도 삽질하고 굉음을 낸다

천연기념물 산양이 긴 울음을 울며 가솔을 이끌고
인간의 발길이 닿지 않는 곳으로 이동을 한다
그러나 그 어디에도 그들의 집은 없다

철책선이 가로막고 있다 그 너머엔 고향이 있을까
하고 건너다 보지만 거기에도 인간의 발자국이 선명하다
어미는 집단 항명을 한다 여기서 우리 식구들 끝내자
그 후에는 산양 가솔의 소식이 없다

생명도 울고 지구도 운다

태생부터 설악산과 함께 태어난 지킴이는

사랑하는 이를 감싸주지 못함으로

깊은 겨울로 들어가 깨어나지 않는

잠을 잔다

살려 달라

눈이 한가위부터 오는 설악산은
다음 해 하지에 녹는 건
사람의 발걸음을 경계하여
쉬고 싶다는 간절함이다

대청봉은 봉우리가 높아 높고
푸른 하늘 만질 듯 하다 하여
산을 사랑하는 사람만이 푸른 영혼으로 올라 무수한 생
명을 보호하라고 한다

색색 울긋불긋 최신의 등산복 치장으로
신령의 산을 패션의 장으로 만드는
그대들은 순수한 등산가인가 아니면
설악을 파괴하는 자본의 무리인가

자본의 논리에 설악 신음 외면하고

쉽게 쉽게 케이블카 타고 말뚝 박고

전기 끌고 주변 계곡 파괴 호텔까지 짓는 걸 산성하고 뭇

생명 다 죽이는 그대들은 자본주의 찬양자인가

오늘도 산양 반달곰 살려 달라고 내 가슴 후벼 파니

애간장은 다 타버렸다

봄 여름 가을 겨울의 설악을 하늘 보듯

겸손으로 올려보자

교만의 끝은 정복이라며 바벨을 쌓아

하느님 굴복시키자는 자본주의 찬양자들

산도 하늘도 바다도 생명도 아무것도 해치지 마라

곧 설악의 恨이 계곡에 홍수를 이룰 것이다

죽음을 각오하고

용트림의 바다

한낮의 오후다 기지개를 폈다
끌어 안았다가 반복하며 밀려오는 파도를 본다
파도소리는 쉼없이 연주하는 오케스트라다

파도는 밀고 올 때 생명이 용솟음치고
파도에 휩쓸려 나가 목표에 도달 못한
생명은 꺼진 목숨이다

응집하여 힘을 하나로 모아나갈 때 햇불 파도가 되고
각자 도생은 힘없이 밀려가는 불꺼진 파도가 된다
바다의 이치는 끊임없이 밀고 당겨야 살아 있다 한다

태양은 쉬는 순간 어둠을 만들며 달도 숨는 순간
빛을 만들며 밤과 낮이 끊임없이 교차하며 생명을 잉태
한다
그렇게 바다도 쉬는 듯 하지만 쉼없이 생명을 만들어
낸다

정의에 쉬는 순간 우리는 불 꺼진 창이다

죽을 힘 다하여 밀고 들어가야 새 세상이 오고 새 태양

이 뜬다

캐모마일 한 잔 마시며 내려다 보는 바다는

언제나 나에겐 용트림이다

151

핵 백지화 기념탑

동해를 바라보고 고고히 서 있는 핵 백지화 기념탑
수많은 동지의 아픔과 눈물이 어려 있다
40여 년의 투쟁 안에는 홧병으로 암으로 죽어간 동지의
영혼이 응집된 반석의 저 핵 백지화 기념탑

전국의 탈핵가들이 모여들어 다시 한 번 이 탑에서
선배들의 싸움을 기념하고 전의를 불태운다
유일하게 전승기념비로 기억되는 저 탑은
세계인을 불러들여 핵의 무서움을 각인시킨다

후쿠시마의 핵 폭발은 사람들의 전율을 가져 왔고
지구도 이제는 끝장이다 하는 방사능의 무서움이 뇌리를
떠나지 않는데 핵 마피아는 표준치다 아무일 없다를
연발하며 계속해서 핵 발전을 해야 한다고 국민을 우롱한다

후쿠시마 아이들이 핵 백지화 기념탑을 방문하고
한 그루 심어 놓은 향나무를 가지치며 무릎 꿇어
그 아이들의 외침을 듣는다

우리도 시집갈 수 있나요
우리도 아이를 낳을 수 있나요
우리는 몇 살까지 살 수 있나요
하는 울부짖음이 귓전을 때린다

애를 끊는 듯한 아픔이 밀려오지만
두 손을 불끈 쥐며 오늘도 핵 백지화 기념탑 앞에서
핵 없는 세상으로의 투쟁을 불사른다

흐르는 별

밤 하늘의 별이 무수히 쏟아져 지상의 촛불이 된다
별은 아이별 엄마별이 되어 촛불 속에 녹아든다
그것은 세월호 아이들의 별이고
이태원 젊은이들의 별이다

시청 앞의 촛불 속에 스며든 그 별들은 수만 아니
수백만의 촛불이 되어 지상을 밝힌다
별이 된 아이들이 앞장을 선다
수많은 촛불이 그 뒤를 따른다

한과 기개를 앞세우고 용산으로 향한다
거짓과 위선으로 가득찬 대왕고래별이 용산에
또아리를 틀고 있어 별이 흐르지 않기 때문이다

자연 질서의 순환을 위해 그 별을 몰아내야 한다
작은 별들이 뭉치면 대왕고래 별보다
더 큰 은하수가 되어 역사를 뒤바꾼다

방방곡곡의 수많은 별들이여 숨쉬기도 힘든 세상
손에 손에 촛불을 들고 더이상 불의가 판치는 세상이 없
도록
진실의 세상으로 우주가 제 궤도를 돌도록 하자꾸나
움츠렸던 우리가 마음껏 숨쉬며 이 별 저 별로 자유롭
게 날아들자

오늘도 선한 기운의 별들이 끝없이 용산을 둘러싸고 빛
을 발한다
용산은 서서히 맑은 기운으로 가득 찬다
악한 기운이 가득 찬 대왕고래는 호수로 내달려 익사
한다
우리는 시공을 초월하는 별이 되어 끝없이 흐른다

아버지의 몸부림

주님! 저 민의의 전당에서 애를 끓는
아버지의 눈물은 누구의
눈물이옵니까
자식 잃고 울부짖는 라헬의
눈물이 아닙니까

구름을 몰고 오시옵소서
소낙비를 이고 오시옵소서
태풍을 뭉쳐서 오시옵소서
번개를 치며 오시옵소서
산과 바다를 안고 오시옵소서
새벽하늘을 끼고 오시옵소서
그리하여 한꺼번에 이 세상의
악령에게 쏟아부으소서

오! 마라나타 주여 어서 오소서
자나 깨나 당신의 백성은 눈물이옵니다

핵 폐기 수

한여름 형형색색의 바다는 지금
바람과 파도만이 휭하는구나
핵 폐기 수 출하한다는 소식 듣고
해변도 횟집도 썰렁함이 가득하다

조선반도의 35년 수탈도 모자라
이제는 핵 폐기 수로 수탈을 시작한다
죽일 놈의 왜구라 소리쳐도 친일파는
오히려 왜구를 찬양하고 핵 폐기 수는
안전하다고 국민들 가슴에 대못을 박는구나

조선이여 대한민국이여 만주의 자주 독립군의 기를 받고
일어나 가자 왜구를 무찌르고 친일파를 청산하러

태풍이 오는지 유난히도 바람이 맹렬하다

물고기도 사람도 위험을 감지했는지 씨알도 보이지 않고

각자도생 슬픈 역사가 시작된다

줏대 없는 친일파가 이제는 왜구한테

나라 갖다 바칠 일만 남았구나

핵 없는 세상을 위한 기도문

창조를 통하여 평화를 선물하시는 하느님!
당신께 찬미와 감사와 흠숭을 드립니다

당신의 창조는 우리 인간을 통해
모든 자연을 통해 그리고 새로움을 경험하는
모든 사건을 통해 오늘도 이어지는
당신의 신비임을
우리가 알게 하소서

자연을 통해 우리가 당신을 경험하게 하시고
자연의 흐름을 통해 온 세상이 당신의 성사임을
체험하게 하시며 자연과 인간의 일치를 통해
당신의 현존이 완성되게 하소서

자연을 보존하고 사랑하는 것이
평화를 이루는 참된 길임을 깨달아
당신의 창조 질서 안에서 당신을 알고
하나가 되도록 우리를 이끌어 주소서

당신의 창조 작품인 자연이 모든 이를 위해
특히 당신을 닮은 가난한 이들의 선익을 위해
온전히 사용됨으로써 당신의 뜻이
이루어지게 하소서

온 세상 창조주이시며 창조를 통해 평화를
완성하시는 하느님 아버지와 당신의 뜻을 이 땅에 펼
치신
우리 주 예수그리스도를 통하여 비나이다

울산(蔚山)바위

남한에서 가장 멋진 암괴바위에 산신령이 올라타고
서북쪽의 대청 중청봉과 천불동 계곡을 보며 수염 한 번
쓰다듬고 동쪽으로 동해바다와 속초시를 보며 내 바위
내 도시 기분 하늘로 올라간다

사계 중 울산 산신령이 제일 좋아하는 겨울은
자신 모습 같은 울산바위를 자신의 동생 쌍둥이라
끔직이나 챙긴다 누가 볼때기 상처내지 않았나 누가
정강이 관절 걸어차지나 않았나 내심 부릅뜨고 지켜본다

복 중에 복은 자연을 사랑함이요 겨울 울산을 사랑함이다
저 장엄함과 아름다움은 금강산의 집선봉과
버금할 만큼 도도함이 넘치는 산신령께 고개 숙여지니 인간
초라함의 비애가 느껴진다

산신령 오늘 대청을 쳐다보니 산이 깎이고 철탑이 놓이
고 기계 소리

돌아가는 걸 보고 놀란 눈 저주를 퍼붓기 시작하며 수
억년 길렀던

수염 뽑아내며 절규한다 내 집 내 아내 내 자식 건들지
마라 거기서

한 발만 더 나가면 내 핵보다 무서운 설악의 핵을 보여
주리라

사람아 인간아 너 어찌 감히 피조물이 내게 도전하느냐
너희의 생애

얼마 남지 않았다 내 반드시 회개 않는 너희를 복수하
리라 그것이

불이든 핵이든 난 이제 더 이상 참지 못한다 몇 시간의
여유를 주겠다

난 숨죽이며 뇌관을 누르고 있다

3 부 ── 일상의 흐름

막장

작업반장의 외침이 들린다

야! 동바리 똑바로 메고 낮은 포복으로

안전 안전을 강조하며 파이팅을 외친다

7, 80년대 한 해 하루 한두 명 꼴로 전사는 죽어 나갔다

지하 600m 막장은 탄가루가 가득하다

지주대를 세우고 들보를 얹고 채탄을 시작한다

곡괭이 힘주는 소리만이 딸깍딸깍 들리고

탄은 쏟아지는데 아슬아슬하다

탄가루를 뒤집어 쓴 모습은 하얀

이빨만이 밝고 눈은 14회 마지막 라운드엔

초점이 흐려지며 반사적으로 손이 나간다

한 삽 두 삽 벨트 콘베이어에 탄이 쏟아져 담긴다

지상의 사무실은 긴장하고 아빠의 안전을
위해 아내는 두 손 모은다
막장의 작업이 끝나고 오늘도 무사히
전장은 휴전되었다는 소식에 환호성이 가득하다

7, 80년대 막장의 광부가 있었기에
경제는 호황 서민은 그 엄동설한을
따뜻하게 날 수 있었다

누가 이들을 인생의 마지막 장이라 했는가
삶의 마지막이 아니라 다른 이를 위한
삶의 시작이었으니 말이다 진주 중의
진주 흑진주를 캐내어 온 국민을
먹여 살린 그들에게 훈장을 추서해야 하지 않을까

광차를 타고 다시 삭도(索道)로 지상 나온

그들은 눈부신 햇빛을 받으며 보무도 당당히

행진하여 나온다

기다리던 가족 회사 간부들 환호하고

박수한다 살아 돌아왔노라고

고맙습니다 감사합니다

당신들의 삶은 오늘 하루도 너무 숭고했소

엄니

하늘이 소리 없이 내려와 앉는다
검은 구름이 비를 쏟을 것 같아도
엄니는 5일장 장 보따리를 또아리 틀어 이고
새끼 새끼 내 새끼 위해
에머리 고개 넘어 북평장을 향한다

비올 듯 말 듯 해도 엄니는 내 손 잡고
보따리 무게는 자식 사랑에 이미 무중력이었다
나의 여린 다리는 아파 왔지만
엄니가 가는 곳은 천 리 길도 마다할 마음이다

보릿고개 시절 엄니는 봄마다
남의 산을 헤집고 새끼 먹이려고
새하얀 아침부터 나가 해질 저녁쯤
손이 부르터 돌아오신다

좌판을 풀어 앉은 엄니의 보따리엔
산나물이 한아름 토끼 고라니 다람쥐
냄새도 좌판에 가득 아주 시골 산내음이
엄니와 내 속에 들어와 앉았다

산나물 뜯어 몇 푼 벌은 돈으로 참기름
보리쌀 고춧가루 생선 한 마리 싸들고
해질녘 또다시 에머리 고개를 넘는다
더는 다리 아파 못 가는 나를 들쳐 없고

집에서 기다릴 다른 자식도 배 채워줄 생각에
기쁨의 황혼이 어머니 얼굴에 가득
어머니의 어깨가 흔들흔들 나도 덩달아
리듬 타고 가난은 오히려 축복이었다

어둠이 깔리고 그때서야 우리 집 굴뚝은

춤추며 날아가는 흰 연기를 하늘로 올린다

식구들 둥근 밥상 둘러앉아 하루의 무용담을

얘기하고 배를 두드리며 행복이 끝간 줄 모른다

추석

떡시루엔 어머니의 숨결이 하얗게 헉헉거리고
나는 군불 짚단에 새까마이 눈물 콧물 정신
없이 아궁이에 불을 지피우고 거시기가 뜨거워
몸을 비비 틀자 환한 보름달은 어머니와 우리
식구들 보고 방긋 웃었다

새벽부터 일어나 준비하는 추석 명절은 수저
밖에 없는 집안에도 세상 골고루 비쳐오니
넉넉한 하늘나라의 마음은 아침부터 빚은 송편을
이제사 앞마당 감나무에 하나 가득히 열리게 하는구나
달빛은 휘영차고 시냇물 조약돌에 보름달이 들어가 있다

그 옛날의 어머니는 방아 찧는 떡 토끼와 함께 계시지만 오늘만은 자식들 보러 고운 한복 차려 입고 저 전설의 달빛 나라에서 살짝 오시어 여섯 자식새끼와 꿈의 손을 잡고 아궁이에 둘러앉자 부엉이도 소쩍새도 집토끼도 산토끼도 노루도 우리와 둘러앉아 옛 전설을 얘기하자 하는구나

설날

설날 아버지 두루마기 난 때때옷 입고

첫눈 밟으며 할아버지 4형제에게 세배 드리러 간다

복실이가 앞에서 낑낑 길 안내하며

안개 자욱한 길을 걸어간다

소나무는 널브러 졌고 옆집 영희는 눈

꼽낀 얼굴로 일어나 배시시 한다

큰할아버지 댁에는 이미 많은

증손자들이 웅성거린다

내 세배 돈이 있으려나 걱정이 된다

증조부 제사하고 할아버지가 음복주를 한 잔씩 준다

뒤돌아서 홀짝하고 설날 제사상을 먹는다

없던 그 시절 제사 음식은 하늘의 맛이었다

할아버지 형제들이 계신 방으로가 세배 올린다

족보를 검색하시는지 서열대로 할아버지 형제들이 말

한다

뉘집 아들인고 예 병갑이 아들입니다

그렇지 자가 병갑이 아들 중 셋째지

참 똑똑하게 생겼데이

맞아 둘째보다는 훨씬 키가 크고

한 인물 하겠데이 덕담 한마디씩

난 기분이가 좋아졌지만 형에겐 미안했다

돈 주기 아까운지 고쟁이 돈주머니에서

한참을 부시럭거리다 1000원씩을 건낸다

얼른 세뱃돈 받고 큰집으로 세뱃돈 받으러 향한다

눈은 하염없이 나리는데 나는 반나절 동안
이웃 어른들의 집을 찾아 다니며 문안드린다
세뱃돈이 딤이 나서 나의 행차는 점심을
얻어먹고 나서야 끝이 난다

그 시절은 아득한 내 마음의 산실이다
풍속과 협동이 중요시되고 공동체가 가족처럼
지내는 평화로운 세상 그 추억이 새삼 그립다

아버지와 바다

아버지는 늘 바다에 나간다
아들은 잘 있는지 고래가 요나를 토해내듯
아들을 토해냈는지 궁금해서이다
아버지는 한여름 미역 감다 사라진 아들이
이제나 저제나 돌아오기를 기다리며
바다를 눈이 뚫어져라 보아도
오늘도 보이는 건 파도와 검푸름뿐이다

한여름에 헬리콥터가 날고
드론이 바다를 훑으며
잠수부들이 휘집어도 파도가 모래를
뒤집어도 아들은 돌아오지를 않는다
파도와 함께 사라진 외아들은 영영 기미가 없다
그리워 그리움이 사무쳐 비오는 오늘도
아버지는 바다에 나갔다
늘 그 자리서 꼼짝 않는 아버지는 망부석이 되었다

외할머니 집

소리 없는 침묵이 하늘하늘 춤을 춘다
세상 등걸에 걸려 있는 하얀 눈은
외할머니의 초가에도 시루떡으로 앉아서
호젓이 사람을 기다린다

그 저녁을 걸어서 어머니의 손을 잡고
외할머니의 집을 향할 때 내 볼을 쓰다듬는
솜털은 외할머니의 약손처럼 다가온다

앞산의 소나무는 하얀 솜옷 가득 입고
저녁 성찬을 준비하는 천년학의 아우성이 부산하다
정적 속에 잔뜩 눈송이를 이고 버티는 초가의 겨우살이

하염없이 창밖을 내다보던 동그란 동공 두개

영감 딸네가 와요 내 귀여운 손주 새끼와 함께

얼른 불 지피세요 뭉게뭉게 피어오르는 연기는

긴 꼬리를 남기며 반가운 춤을 춘다

파도

해안의 절벽을 때리며 통곡하는 파도야
왜 너는 끊임없이 너를 괴롭히느냐
쌓아온 업보가 너무 괴로워서 자학하느냐
아니면 너는 운명적으로 그렇게 태어났느냐
너는 아마 알고 있을 것이다 세상의 죄를
보속하는 것이라고

부서지고 깨지는 너의 멍든 가슴을 더는
못 보겠구나 너를 보고도 손놓고 있는
내 마음이 너무 애처롭다
이제는 그만 좀 쉴 수 없느냐
너 대신 내가 그 길을 가려니 너는
편안히 쉬었으면 하는 마음 간절하구나

영원한 친구

1. 바다는 영원한 나의 친구다
   오늘도 발걸음은 삼척 해변을 향한다
   태에서부터 이 나이까지 바다를 잊어본 적 없다
   은퇴 후 그리움에 사무치는 바다에 아주 또아리를 틀었다

   그 어릴 적 20리나 되는 바다에 아버지는 솥단지
   가재도구를 지게 지고 나는 수박통을 들고
   동생들은 불쏘시게 이고 아버지를 뒤를 행렬한다
   식구들은 여름마다 일렬종대를 이루며 아주 집을 옮겼다

   뜨거운 해는 우리를 밥솥 끓이고 땀은 비오듯
   그러나 우리 식구는 힘든 줄 모르고 바다를 향했고
   거기는 가족이 뒹구는 서늘한 욕조가 있었기 때문이다
   우리는 한바탕 가족 파티를 한다
   끈끈한 혈연을 나누며

발가벗은 우리 가족 누가 먼저라 할 것 없이 바다에
뛰어든다
우리 가족의 끈끈함은 바다에서부터 시작되었다

2. 태초에 신과 함께했던 바다
거기는 인간의 역사가 고스란히 담겨 있고
숱한 사연 간직한 사람들의 비밀이 묻혀 있다

그 비밀의 바다를 풀고 바다를 지키자는
나의 투쟁의 역사가
우리 후손에게 교훈이게 하고 싶다
바다를 지켜야 한다는 이 열정을 심어주는
한줌의 재이고 싶다 자연과 인드라망 세계를
구축 못하면 우리 후손은 사라질 것이다

오늘도 나는 바다를 향한다

저 바다가 영원히 우리 후손에게 전해지기를

그들도 우리 가족처럼 발가벗고 바닷속의 친구들과

숨바꼭질하기를 손 모아 본다

고추잠자리

늦가을의 문턱은 다가오는데
한철 생명이라는 걸 아는 듯 모르는 듯
고추잠자리 한 마리가 울타리 친
싸리 나뭇가지에 앉을 듯 말 듯하다가
이윽고 날개를 접고 지친 삶을 쉰다

가만가만 다가가 녀석의 꽁무니를 잡아본다
놓아달라고 살려달라고 발버둥을 친다
그 녀석과 친구가 되고 싶은데 녀석은 그럴
의사가 없는가 보다

삶의 의미를 빼앗긴 녀석은 퍼득거리는
날갯짓으로 내가 하고 싶은 대로 살고 싶어요
하면서 온몸으로 항변하는 듯하다
난 친구가 되고픈 손을 얼른 놓는다

해방을 맞은 녀석은 공중비행을 하며

하늘 높이 오른다

그래 공존하며 산다는 것은 네가

자유롭게 날면서 앉고 싶을 때 앉게 도와주고

가고 싶을 때는 가게 하는 것이 진정

친구가 되는 길임을 내가 깜빡 잊은 듯하구나

추억

산천고향 가는 중에 백설이 천지를 덮었구나

어릴 적 눈올 적에 새벽잠 설치고 아버지 지붕 위에 눈치고

나는 마당 눈 치고 아무것도 더 비울 것도 없는 세상

앞집 강아지 눈 위에 뒹굴며 마냥 컹컹 행복 옆집 친구 영희는

연신 왕방울 콧물 훌쩍 훌쩍

눈올 때마다 영희가 그립고 아버지가 그립구나

하얀 순백의 세계는 속세에 찌들었던 마음을 정화하니

티없는 열매가 방울 방울마다 가득

지금 눈오는 날 나는 추억이 그립고 행복은 끝간 줄 모른다

행복이여 백색이여 내가 갈 하늘 그곳도 순백이겠지

잃어버린 고향

별빛이 유난히 흐르는 밤
어디선가 소쩍새가 슬피 울고
마음 한구석 채우지 못해
하늘의 구름 달 별을 본다

어디에서 오는 것일까
한아름 가득 안아도 휑하니
뚫린 가슴 이리 뒤척 저리 뒤척
밤새 잠 못 이룬다

달은 기울고 별은 떨어져도
밤새 못다 한 숙제
내일도 그 밤에 똑같은 마음으로
밤 뒤척일까

하나됨

남북 분단 70년의 아픔은 애를 녹이고
가고픈 고향은 저 멀리 코앞에 아른거린다
숱한 고난과 역경 속에서도 단군신화를 모시는
배달의 민족은 만남과 우정으로 한반도를 세상에
우뚝 솟게 한다

어둠이 걷히고 동해의 태양이 백두로 한라로 손에
손을 잡고 남북의 춤추는 날이 눈앞에 온다
오늘 남북의 정상 두 분이 백두를 오른다
백두와 한라의 물이 뒤섞여 혼인을 이루며
태평양을 춤추게 한다

모든 민족은 금과 향료를 가득 싣고 한반도로
한반도로 세상의 중심지로 우뚝 솟는다

보름달 보고

비나이다 비나이다 휘영청 밝은 달님
옥토끼 금 토끼가 핵 귀신 방아 찧어
너도나도 송편 빚어 전 국민 맛있게 먹고
핵이 사라지게 마음속 일깨우소서

유난히 환한 빛이 올해는 서광이 오려나
탈핵하는 지도자 나오고 생명 평화 가득
온 누리에 퍼지도록 두 손 합장 하나이다

고생하는 탈핵의 전도사들에게 복 가득히
주겠다고 달님 환하게 웃는다

바다의 마음

고향의 바다는 사시사철 푸르고
바다는 내 존재의 근원이다
바다가 보이는 언덕 집에서 임니는 바다의
울부짖음을 들으며 나를 낳았기 때문이다

아주 어릴 때는 아버지의 등에 업혀
바다를 벗 삼았고
초등학교 때는 놀 장소가 바다가 좋아
십 리나 되는 길을 아침 먹고 한 번 점심 먹고 한 번
걸어서 하루에 두 번이나 왔다가 갔다가 했다

끝없이 육지로 생명의 물을 쏟아내는 바다
저렇게 시퍼렇게 멍이 들어도
육지의 님이 그리운가 보다

바다는 저 육지 깊숙이 누가 사는지 궁굼하다
그 수수께끼가 풀릴 때까지
멍이 끝날 날이 없을 것이다

육지는 저 바다 깊숙이 용왕이 산다는 것을 안다
바다는 육지에 누가 사는지 몰라서
세월이 아무리 흘러도 육지의
진정한 왕이 누군지를 모를 것이다

육지는 그만큼 삼라만상이
복잡하기 때문이다
난 오늘도 바다를 걷는다
나만이 아는 육지의 진정한 왕이
누군지 그 비밀을 알려주기 위해서다

노을 바다

잔주름 치마폭의 금빛 물결 두둥실
어장 사이 갈매기는 먹잇감을 찾아
앉을 듯 말 듯 공중비행하고

육지를 감싸 안은 반원 수평선은
모성을 자극시켜 끊임없이 생명을 낳아주고
바다의 풍요를 노래할 때

만선의 배는 삶의 충만함을 환호하며
항구로 통통 내달리는 새 천 년 길 앞
붉게 춤추는 노을 생을 용트림시킨다

소쩍새

깊어가는 밤 육백산의 소쩍새 울음
깊은 한으로 다가와 애간장을 녹인다
먹지 못해 새가 되었다는 한 많은 어느
며느리의 울음인가 아니면 시대를 초월한
민초들의 항변의 울음 소리인가

너는 왜 이 밤중에 구성진 울음을 우는가
하얀 대낮에 눈이 너무 부시어 네가 살아가기에는
밤이 적당할지 모르지
하얀 촛불 밝혀 울어대는
민초들의 밤이 너의 신세와 같구나

들을 귀 없는 자가 너의 한을 듣지 못해
슬픈 역사가 시작되려고 하는구나
더 구성지게 울어야 귀가 뚫리어
너를 알아보려는가

울다가 지친 너는 죽어 소쩍새가 되고

제 힘을 믿던 귀머거리는 불에 타 없어진

숭례문의 방화자처럼 역사의 죄인이

되려고 하는구나

누이

얼굴은 달덩이 같고 손은 솥뚜껑만한 누이
보름달 뜰 때마다 보고 싶어지는 누이여
엄니 나물 뜯어 팔러 장 나가는 사이
우리 집 살림을 도맡아 한 누이여

손이 커 감자 한 대야를 순식간에 숟갈로 갉아내고
부리나케 안반으로 국수 밀어 감자 한솥 국수 한솥
뚝딱 끓여내어 여덟 식구를 배 두드리게 해준 누이여
거친 손 되었어도 누이 큰 손 때문에 배 곯지 않았으니
왕가의 어느 공주 손보다 더 고운 손으로 생각하오

보릿고개 시절 그래도 견딜 만한 우리 집에 비렁뱅이
찾아오면 보리쌀을 솥뚜껑만한 손으로 항아리에
쑥 집어넣어 퍼주던 애절한 연민을 배우게 한
내 사랑하는 누이여

식구들 먹은 밥상 부엌에 내놓으면 어느새

오갈 데 없는 비렁뱅이 여자는 자기 차례라고

부엌 밥상에 앉아 편안히 앉아 먹는 광경은

누이의 손이 이들 위해 주님 주신

큰 손이었음을 한참 나이 들어서야 알았소

보고 싶은 누이여

이제는 노환이 와서

병들어 꼼짝 못하고 먼 옛날을 회상하니 누이는

우리를 위한 사랑이고 십자가의 희생이었소

침대에 누워 있는 누이와 옛 전설을 나누자니

눈물이 앞을 가리오

오직 엄니 대신 부엌일을 도맡아 온 누이 행복하소서

밤이 없는 남한

밤이 있는 생활은 하늘의 별 달 구름과 노래하며
하염없이 속삭일 수 있다
엄마는 하늘의 전설을 들려주고
난 어느새 품속에 잠들어 아침이면 방안에 있다

나무도 새도 곤충도 풀잎도 잠을 잔다
새벽의 영롱한 이슬은 단잠을 잔 하느님의 꿀물이며
새벽 새들의 노래는 천사의 합창이다

밤은 밝아오는 새벽에 하느님을 찾으라는 그분의 침묵
이다
잠에서 깨어난 만물은 오캐스트라로 님을 찬미하고 님
과의
충만의 언어로 님은 바삐 재창조를 시작한다

나는 참묵의 밤을 사랑한다 꿈에 사랑하는 님을 만날 수 있고

님과 같이 필짱을 끼고 세상과 사랑을 그리워하며 모든 걸

안아 들이고 모든 걸 경청할 수 있기 때문이다

밤은 낮을 그리워하고 낮은 밤을 그리워한다 그런데 어찌

북한의 밤은 영롱한 은하수가 보이고 남한의 밤은 네온 사인만 보이는가

밤이여 침묵이여! 밤 안에서 평화로워지고 밤 안에서 나는 늘

그분을 눈물 그린다

태풍 루사의 그 후

흙먼지 자욱하고 버려진 가재 더미에 앉아
촌로는 연신 하늘을 원망하며 땅을 원망한다
하느님이 계시다면 인간이 살아있다면
이렇게 하진 않노라고 이렇게 하진 않노라고

칠흑같이 어두운 밤 빛이 없는 세계에서 모두들
출애굽을 시작할 때 서늘한 파라오의 말발굽이
천지를 진동하지만 이름 없는 민초들이 제일 먼저
온몸으로 그것을 막아낸다

이끼 낀 촌로의 이빨이 여명으로 빛을 발한다
어두움을 제거하는 순박한 영혼들이 있기에
세상은 절망이 아니고 희망이 더 많다고
스러진 가슴을 추스르며 또다시 허리를 편다

세상에 수많은 사람이 살지만 진정 하느님의
자녀라 불리는 사람은 이웃을 내 몸 같이 돌보는
소리 없는 민초들이니라 소리 없는 민초들이니라
고 촌로는 되뇌인다

이별

이별이 다가온다 하늘이 열린다
숨을 헐떡이며 하늘 향한 너의 입술은 활짝 열렸구나
아우 달하 신부는 하늘 천사들과 노래하듯
입을 움직이고 있다
하느님이 보이니 천사가 보이니 그래 우리 하늘서
만나자

지극한 어전에 신학교 때 배운
사제여 그대는 누구인가를 노래하자
삶과 죽음은 늘 교차하는데 아직도 난 죽음에 순서가
없다는 것을 깨닫지 못한다

사람들이 말했지 하늘에서
젊은 신부가 필요했기에 일찍 데려간다고
그것이 하늘의 신비다 말하니
넌 교회법을 전공했는데 하늘나라가
왜 교회법이 필요한지 이해 불가구나

죽는 건 두렵지 않은데 너를 보니 죽음의 과정이
너무 고통스럽구나 너는 의연하게 그것을 받아
들이지만 나는 변덕스러워 그 고통을 못 참아 닐 것 같다
소리지르고 주위를 원망할 거 같다 그러나 너를
보고 나는 새로운 죽음을 터득한다

사랑하는 아우 달하 신부야 고향이 같은 너와 오랜 시간
사제의 우정과 애환을 나누고 싶었는데
주님은 죽음 안에서 영원을 통하여 하는 것이
더 나은지 우리를 떼어 놓는구나

아직 젊은 나이 할 일이 많은데
죄 많은 우리가 남고 순백한 너를 데려 가는 건
최양업 신부 시성을 위해 이젠 하늘 소임을
하늘에서 마저 하라고 데려 가는 듯하다

천둥과 번개가 지나고 하느님이 오시나 했지만
안개와 훈훈한 미풍이 시나이 산을 지날 때
고요와 적막 안에서 주님이 오시더라
주님은 십자가의 정적이 올 때 나타나시는구나
두 손 벌려 너는 그분의 가슴에 안겨 평화롭게
하늘로 올라가는구나

그래 나도 이 지상 소풍을 끝내고 너를 하늘에서 만나
신학교 때 사제생활 때 얘기를 하며 하늘 소풍 다니자
하느님이 방긋 웃으시고 성모님이 내 아들아 하면서
맛있는 전과 막걸리를 주시겠지 그날을 기대하며
기다리거라 이승에서 영원으로 안녕

일출

동해바다 수평선 뒤에는 빛의 나라가 있나
어둠에 갇혀 있던 세계를 하나둘 일깨우며
눈부시게 얼굴 내민나

태초에 빛이 있으라 했으니
빛은 만물의 근원이라는 창조주의 가르침이
저리도 환희 밝음일까
만상이 기지개 펴고 돛단배 달리고
저 빛으로 오라고 화들짝 일깨운다

어둠이 너무 길면 암흑만이 있을 뿐이니
동해의 빛이 있어 서해까지 환히 밝아
사람들 생동함이고 신비로움이다

저 불타는 태양이 내 나라 떠나지 않고
영원히 환히 여의도에 멈추었으면 좋겠다
여의도 민의 전당 시계는 제로 상태
사라지지 않는 저 빛 역동의 국민 시계로 바꾸면 어떨까

수년 만에 어둠을 걷어차고 내 마음을 일깨우는
저 빛만이 오직 나의 사랑이다
동해 바다 창문 사이로 저 밝고 어두움과
사랑을 속삭이며 난 빛의 길을 가야만 하는 숙명이다

삼척 해변

삼척 해변의 오후는 평화롭다
평화롭다 못해 난 평화를 뒹군다
색소폰의 향기는 바다를 가르고
파도를 춤추게 한다

하늘 평화로 들리는 아이들의 재잘거림
연인의 안타까움의 소리 삼삼오오
짝을 지으며 리듬을 탄다

넓은 세상은 아수라장인데
한 점 해변의 모습은
세상 시름을 모두 잊게 한다

갈등과 분열을 몰아내고
우리네 세상 오늘만 같아라
지금 이 시간을 붙들어 매며
내가 손잡고 가야 할 잊어버린
님을 생각한다

님이 섬섬옥수로 걸어오기 전에
이 몸뚱이가 먼저 님께로 걸어가자
햇볕에 말라 버린 백사장이
님과 손잡은 나의 온 몸을 뜨겁게 한다
마치 용광로처럼

연민

연민의 정을 가지신 주님! 자식 잃고 울부짖는 유가족의 마음을 위로하시고 평화롭게 하소서

위로와 평화의 주님! 고인이 된 이태원 참사의 희생된 어린 양들을 하늘 천상의 합창단을 만들어 주시고 영원 복락 누리게 하소서

평화의 주님! 지켜주지 못해 못내 아파하고 괴로워하는 이 백성들을 위로해 주시고 하늘 천상 나라를 앞당겨 주소서

인성 안에 계신 신성이여 신성 안에 계신 인성이여
이 성체강복으로
유가족과 꽃다운 젊은이들과 살아있는 우리들에게 영원 평화와 굳센 의지를 주소서 아멘

이제는 떠날 때

보람과 회한이 교차되는 이국의 사목
무엇이 이리도 아쉽고 허전할까
눈부신 4월의 햇살은 내 삶의
자화상을 일깨운다

청운의 뜻을 품고 물 건너 산 건너
갈릴레아 原목자의 목소리를 들려주고자
끝없는 대지에 사뿐히 안착하였건만
초롱초롱한 눈망울에 실망만을 남긴 채
날개를 접는다

모진 채찍질에 원망도 많았고
부덕한 한계에 발버둥도 쳐보고
나약한 인간성 앞에 그분을 뒤로 한
수많은 날들

드높은 사랑의 요구를 채워주지 못해서
미약한 자신의 성덕에 주님 발 붙들고
제발 당신 발가락 하나만 닮게 해달라고
목놓아 소리쳐 본다

만남과 이별은 사슴의 눈망울처럼
애잔한 마음 되어 수평선의 외딴 배를
응시하는데 그 넘어 피안을 보게 하는
보다 큰 신비로 다가오고 성숙의 인생을
깨닫게 한다

수많은 손과 눈물의 기도가 없었다면
오늘 타 버린 먼지 되어 정처 없는 방랑자로
안식을 얻지 못한 영혼 되어 세상 한
뒤켠에서 주님 십자가 붙들고 제가
어디로 가야 하나이까를 끊임없이
되뇌었을지 모른다

런던의 아름다운 영혼 또 한편 삶에 지친

영혼의 마음을 주님은 늘 어루만져 주시고

드라마틱한 삶의 질곡에서도 당신 눈물 속으로

그들을 안아 주소서

믿음과 희망과 사랑만이

우리 공동체의 삶으로 남아 있게 하소서

인생은 바람이고 구름이며

성냄도 한숨도 다 벗어놓아

짐 되지 말아야 하고 오직 절망보다 희망이 앞서는

사랑만을 간직한 채 런던의 모든 영혼을 위하여

기도하는 마음으로 어느날 홀연히....

북서로는 천상 낙원에 접하고
밤이면 은하수가 흐르고

북서로는 천상 낙원에 접하고
밤이면 은하수가 흐르고

성염(돈보스코) 전 교황대사

관동팔경의 첫째로 꼽히는 죽서루(竹西樓)에 오른 옛 시인 송강이 "자리가 북서쪽으로는 천상 낙원에 접하고 밤이면 은하수가 동해에서 두타산으로 흐르더라"는 노래를 정자 현판에 걸어놓고 간 삼척. 한반도 이 청정지역에서 태어나고 뛰어놀고 앞바다에서 멱감던 소년이 어느 종교의 제관(1988. 가톨릭 사제 서품)이 되어 '삼척 핵 발전소 건설'이 이 땅에 가져올 재앙을 내다보고 많은 삼척인들과 "동해를 감싸 안고 어미 품에 안긴 병아리를 보호하는 두타여/ 유구한 문화와 역사를 자랑하는 실직국이여/ 오늘도 오십천은 동해를 향하여 한많은 울음을 토해내며/ 실직국의 자존과 아름다움을 지켜내라"(143p)는 신탁(神託)을 받는다.

소련의 체르노빌 핵 발전소가 직원 몇 명의 한밤중 실수로 폭발하여 소련이라는 거대한 제국을 무너뜨리고, 지금 우크라이나와 벨라루스 국토 수만 평방킬로미터를 폐허로 만든 해가 1986년이었다. 깨우침이 빠른 삼척인들이 이곳에 원전이 섰다가 사고를 내는 경우 속초에서 포항까지 옛 실직국(悉直國) 전체가 죽음의 땅으로 변하리라는 공포에 휩싸였고 그 공포는 삼척과 위도상 동해 맞은편에 자리 잡은 후쿠시마의 원전 사고(2011.3.11)로 지척에서 현실화됐다.

　　　그동안 삼척 핵 발전소 반대 시위 때마다 '탈핵천주교연대 공동대표'로서 하얀 제의를 입고 동료 사제들과 천막에서 하늘에 고사 지내던, 무슨 연민으론지 커다란 두 눈이 늘 그렁그렁하여 "눈물이 많은 나는 눈이 커서 왕방울 눈물이었다"(134p) 실토하지 않을 수 없던 박홍표 신부를 많은 이가 기억하리라. 그가 삼척 사람으로 살아온 평생, 천주교 원주교구 사제로 걸어온 36년을 시문(詩文)으로 회상해냈다.

　　　그가 평창 성당에서 일선 사목을 은퇴하던 날

(2022.8.21.) 필자도 그 자리에 있었는데 그의 죽마고우 배달하 신부는 박 신부의 삶을 이렇게 평했다. "현실에, 세속에 안주하거나 자신의 안락과 자기 연민에 갇혀 있지 않고 신앙인들의 잘못과, 이 사회의 불의와 투쟁하고 일깨우는 자세가 참 사제의 길이었고… 근본주의에 빠져 보수직인 교회와 교우들의 온갖 비난과 방해와 어려움 앞에서도 '사명자'의 길을 결코 포기하지 않은 것은 '하느님의 사람'이었기 때문이다."

가까운 사람들이 아는 박홍표 신부, 그리고 이 책자를 읽는 독자들은 여기 단순한 음정으로 엮인 노래들이 태백산맥을 끼고 제천, 단양, 북평, 도계, 문막, 평창을 오가면서 원주 교구 사제로서 바쳐 온 기도문을 엮은 '영혼의 일기'(제1부), '드고아의 목동' 아모스처럼 고향 땅과 고향 사람들에 대한 짙은 애정(제3부)을 접하고 '하느님의 사람'으로서 한글로 적힌 '예레미야 애가(哀歌)'(제2부)를 읽고 마음이 저으기 불편해질 것이다.

제1부와 3부에서 보듯이 그의 투신은 삼척 시민 모두가 품고 있는 고향 곧 자연에 대한 사랑에서 비

롯한다. 사실 그는 70여 년을 삼척 일대를 돌며 '바다의 마음'으로 살아왔다. "고향의 바다는 사시사철 푸르고/ 바다는 내 존재의 근원이다/ 바다가 보이는 언덕 집에서 엄니는 바다의 울부짖음을 들으며 나를 낳았기 때문이다"(190p) 지금도 삼척 갈천동에서 은퇴 생활을 하는 그는 창밖으로 멀리 내다보이는 동해 한 자락에서 영혼의 안식을 찾는다. "넓은 세상은 아수라장인데/ 한 점 해변의 모습은/ 세상 시름을 모두 잊게 한다"(206p) 제1차(1982-1998년) 핵 발전소 반대 투쟁에서 패한 핵 마피아들이 다시 쳐들어오자(2010-2019년) 2차 반대 투쟁에 나서며 박 신부는 "가야 할 직분도 잊고 어느덧 투쟁은 나의 삶의 일부가 되었다. 바다를 지켜야 한다는 이 열정을 심어주는 한 줌의 재이고 싶다"(182p)고 나선다.

제2부는 "길 위의 사제"라는 제목처럼, 그리고 사제는 '하느님의 사람'이라 불리는 예언자이므로 뼛속까지 타오르는 소리를, 온갖 불길한 소리를 내지른다. 그러노라면 세상이 어떻게 돌아가든 '창문 닫고 커튼 치고 어둑하게 촛불 켜고' 자기와 처자식에게만 복 주십사

비는 신도들에게서는 '천주교정의구현전국사제단' 동료들과 더불어 온갖 배척과 미움의 표적이 되어 왔다.

그의 시선이 두타산을 넘어서 지난 반세기 한반도 남쪽에서 벌어진 온갖 비극에서 역사의 바퀴에 치이죽은 거레들의 신음과 울음과 비명을 하나하나 귀딤아듣는 진혼곡으로 엮어져 있다. 그가 주님이라고 여기고 평생을 헌신한 '나자렛 사람 예수'가 걸었던 길, 이 겨레의 십자가 14처에 일일이 발걸음을 멈춘다. 강원도 삼척에서 태어나고 자라고 살아왔지만 '인간에 대한 예의'를 갖추어 그는 1948년의 전라남도 제주군과 여수와 순천을 비장한 눈으로 건너다보고, 1980년의 광주에 연민의 시선을 보낸다. 희생자가 한결같이 호남인들이라는 점에 분노한다.

아울러 그의 눈과 귀는 밀양의 할매들, 강정의 섬사람들, 진도 바다와 이태원을 돌아보며, "바다 밑에 수장된 아이들, 오징어 축 엮듯이 죽어간 이태원 아이들의 파도 소리"(131p)를 듣는다. "오늘도 내 눈물이 흘러내리면/ 우리는 삶의 현장에 가 있는 것이다"(135p) 백남기 노인과 노무현에게도 조사를 보낸다. "잘 가시오 편히 가시오/ 민주화의 꽃덩어리시여/ 우리가 그 눈을 감겨 드리리이다."(116p)

삼척의 아들이자 '하느님의 사람'으로 박 신부의 눈이 늘 그렁그렁한 까닭은 그의 시선이 동해를 넘어서고, 프란치스코 교황이 즉위하여 맨 첫 번 방문지를 세계 유일의 분단국 한국을 택하고 2014년 8월 18일 서울을 떠나던 비행기에서 기자들에게 "제3차 세계대전은 이미 벌어지고 있네요."라는 경고에 귀기울였기 때문이리라. 서방 그리스도교 국가들이 부추기는 아랍 지역 전쟁들과 아프리카 국가들의 내전으로 지구상에 1억 2천만의 난민이 표랑하고 있고, 현 인류의 6억이 기아에 허덕이는 참상을 지켜보는 까닭이다.

그러나 박홍표 신부는 그 비극 속에서도 자기가 받드는 신앙에 근거해서 희망을 잃지 않으려 몸부림친다. 한반도 남쪽의 50년 역사와 지구상의 온갖 비극을 목격하면서 "절체절명의 신앙의 위기 순간에 한반도가 전쟁과 평화의 갈림길에 흐느끼고 고뇌할 때"(65p)

일수록 성직자로서의 자세를 잃지 않는다. "어느덧 반백의 머리카락/ 무엇을 향해 쉼 없이 달려왔고/ 누구를 위해 살아왔는지/ 그님이 우리에게 물으신다/ 너 어디쯤 있느냐"(71p)는 물음을 독자들과 함께 나누면서 "세월이 가고 또 가고 지구 한 바퀴 돌아서야 당신이 참 사람인 줄을/ 그 님이 우리와 가장 가까이 계시는 분임을 알았습니다"(33p)라고 고백한다. 그가 엮어 보여주는 시편은 예수 처형과 매장 후 엠마오로 피신하던 제자들이 낯선 나그네를 만나면서 그의 정체가 알 듯 말 듯 하면서도 "우리와 함께 묵어주십시오(Mane nobiscum Domine)!"라던 애원으로 끝맺는다.

파도는
침묵하지
않는다

초판 1쇄 인쇄 2024년 11월 1일
초판 1쇄 발행 2024년 11월 15일

지은이 박홍표
펴낸이 김정동

펴낸 곳 서교출판사
주소 서울시 중구 충무로 49-1 죽전빌딩 201호
전화 02 3142 1471(대)
팩스 02 6499 1471
이메일 seokyobook@gmail.com
블로그 http://blog.naver.com/seokyobooks
홈페이지 http://seokyobook.com
페이스북 @seokyobooks ㅣ 인스타그램 @seokyobooks
ISBN 979-11-94212-06-5 (03810)

*독자 여러분의 투고를 기다리고 있습니다. 시, 소설, 에세이 등 관련 원고가 있으신 분은
seokyobook@gmail.com으로 간략한 개요와 취지 등을 보내주세요. 출판의 길이 열립니다.